DANIEL GLATTAUER

Mama, jetzt nicht!

Buch

In seinen »Kolumnen aus dem Alltag«, die über viele Jahre in der österreichischen Tageszeitung *Der Standard* erschienen sind, beschreibt Daniel Glattauer nicht nur die Tücken des öffentlichen Privatlebens im Handyzeitalter (»Sonja macht Schluss«), sondern er würdigt auch zeitgenössische kulinarische Phänomene (»Knackwurst-Carpaccio«) ebenso wie bislang in ihrer Bedeutung unterschätzte feierliche Anlässe (»Weltverdauungstag«), nimmt sich der berühmt-berüchtigten Leistungen der Fremdenverkehrsindustrie an (»Tirol für Hartnäckige«), hängt traumatischen Erinnerungen an die Schulzeit nach (»Langsam ans Abgeben denken!«) und stellt sich den ganz großen Daseinsfragen. (»Es ist, wie es ist«). Seine Themen findet er dabei in seiner unmittelbaren Umgebung, sie sind dem Alltag entliehen, dem er sich mit Hingabe zu verschreiben versteht, und spannen einen weiten Bogen von »26 Fragen zur Wurst« bis »Sein und Zeit«.
Messerscharfe Beobachtungsgabe und feine Ironie machen Daniel Glattauer dabei zum Meister der kleinen Form. »Mama, jetzt nicht!« ist eine Auswahl von Kolumnen, die es bisher noch nie in Buchform gab – das perfekte Buch für alle Glattauer-Fans und solche, die es dringend werden sollten.

Weitere Informationen zu Daniel Glattauer
sowie zu lieferbaren Titeln des Autors
finden Sie am Ende des Buches.

Daniel Glattauer

Mama, jetzt nicht!

Kolumnen aus dem Alltag

GOLDMANN

Daniel Glattauers Kolumnen zum Alltag
sind in der Tageszeitung *Der Standard* erschienen.
Der vorliegende Band versammelt eine Auswahl
der Kolumnen aus den Jahren 2004 bis 2008.

Verlagsgruppe Random House FSC® N001967
Das FSC®-zertifizierte Papier *Holmen Book Cream* für dieses Buch
liefert Holmen Paper, Hallstavik, Schweden.

1. Auflage
Taschenbuchausgabe August 2013
Wilhelm Goldmann Verlag, München,
in der Verlagsgruppe Random House GmbH
Lizenzausgabe mit Genehmigung
des Paul Zsolnay Verlages Wien
Copyright © der Originalausgabe
Deuticke im Paul Zsolnay Verlag Wien 2011
Umschlaggestaltung: Uno Werbeagentur, München
Umschlagmotiv: FinePic®, München
Th · Herstellung: Str.
Druck und Bindung: GGP Media GmbH, Pößneck
Printed in Germany
ISBN 978-3-442-47880-4
www.goldmann-verlag.de

Besuchen Sie den Goldmann Verlag im Netz

Die bessere Hälfte

Kaum zu glauben, welche Metaphern den Sprung ins 21. Jahrhundert schaffen konnten. Unlängst hat uns jemand wortwörtlich seine »bessere Hälfte« vorgestellt. Die so titulierte Frau sah sogleich drein, als fühle sie sich mit der spannenderen zweiten Halbzeit eines Fußballspiels verglichen, welchem ihr Mann gerade bierbauchnabelfrei beigewohnt hatte.

Seinen so genannten Lebensabschnittspartner als Hälfte von einem Ganzen zu bezeichnen, dessen zweiter Teil man selbst ist, mutet derart unzeitgemäß an, dass es den jeweiligen Lebensabschnitt dramatisch verkürzen könnte. Denn der Sinn der Zweisamkeit besteht darin, dass man sich als mehr als nur einer fühlt, zumindest als eineinhalb, in intensiven Phasen sogar als zwei. Aber doch wohl nie nur als die Hälfte von jenem Ganzen, welches der andere durch sein Beisein um 50 Prozent reduziert.

Auch das Wort »besser« der »besseren Hälfte« ist perfide. Denn seine Partnerin als halb, aber besser zu bezeichnen, heißt zugleich, die eigene Hälfte als schlechter zu betrachten – und auch noch stolz darauf zu sein.

Na ja, der Blick der Frau, die uns so vorgestellt wurde, verriet aber ohnehin, dass die »bessere Hälfte« daheim in die Verlängerung gehen würde.

Mahlzeit

Wollen auch Sie werktags von 10 bis 15 Uhr nicht mehr mit »Mahlzeit« begrüßt werden, nur weil Sie in Österreich leben? Tun wir was dagegen, formulieren wir eine Protestnote!

»Mahlzeit« ist kein Gruß. »Mahlzeit« ist eine stumpfsinnige Beschreibung einer beamtennostalgisch verklärten Wirklichkeit. »Mahlzeit« ist eine vage Behauptung, mehr noch: eine plumpe Unterstellung, die sich auf der niedrigen Stufe reiner Triebhaftigkeit bewegt. Oft wird »Mahlzeit« von lüsterner Geheimnisumwitterung begleitet, mit verschwörerischem Kopfnicken bedacht und von sündigem Augenzwinkern untermalt. Der von »Mahlzeit!« Heimgesuchte scheint dabei ertappt worden zu sein, wie er sich gerade unbändig aufs Essen, den Höhepunkt des Tages, gefreut hat. Er wird wie einer angesehen, dessen Berufs-, ja Lebensziel darin besteht, sich von einem Mittagessen zum nächsten zu retten. In seiner zynischsten Form bedeutet der Gruß: »Schlag dir nur den Magen voll, während andere die Arbeit erledigen, die dir den Lohnzettel verschönert. Mahlzeit!«

(Diese Zeilen entstanden in der »Mittagspause«, mit Automatensandwich und Pappbecher neben dem PC. Aber morgen, Punkt zwölf, gehe ich essen.)

Grüß Gott

Im Zuge der Diskussion, ob Österreichs Grußformel »Mahlzeit« nicht schon etwas abgeschmackt klingt (besonders wenn man sich's auf dem Büro-WC zuruft), ist durchgesickert, was Fotograf Rudolf S. im Landwirtschaftsministerium zu Ohren kam, als zwei Beamte sich am Donnerstag um zehn Uhr vormittags auf dem Gang begegneten. A: »Mahlzeit!« B: »Schön's Wochenende!«

Aber auch die beliebte Alternative »Grüß Gott!« ist umstritten. Was will sie uns sagen? Ist es die Aufforderung an den Zweiten, Gott zu grüßen? Warum grüßt der Grüßer Gott nicht selbst? Braucht er einen Zweiten dazu? Und wer grüßt den Zweiten? »Grüß Gott schön!« geht verstärkt an die gleiche Adresse. Verwirrung stiftet das häufig gebrauchte »Grüß Sie Gott!« Hier ist es plötzlich Gott, der zum Grüßen aufgerufen scheint. – Ein Armutszeugnis für den Grüßer, dem selbst wohl nicht mehr als »Mahlzeit« eingefallen wäre. Ohne Gott kommt »Grüße Sie!« aus. Offen bleibt, ob hier schlampig zum Gruße aufgerufen wird (Grüßen Sie!) oder ob der Grüßende getarnte Einsicht zeigt, dass es doch an ihm liegt, den Gruß auszusprechen. (Ich grüße Sie!) Egal. Es ist unfraglich an der Zeit, den »Guten Tag« zu fördern.

WC-Surrealismus

Grundsatzerklärung an alle Lokalbesitzer und Raumgestalter, die ausgerechnet dort ihrer Fantasie freien Lauf lassen, wo eine solche absolut nichts verloren hat: Versteckt die Eingänge, verbarrikadiert die Küchen, tarnt den Weinkeller, verschweigt uns das Stüberl, schildert die Schank als Baderaum aus, nennt die Tische Stühle und die Kerzenständer Aschenbecher. Gestaltet die Speisekarten handschriftlich bis zur Unkenntlichkeit. Aber bitte: Ermöglicht uns den Zugang zu den richtigen Toiletten. Schreibt oder klebt auf die Türen groß, deutlich und leserlich DAMEN und HERREN drauf, ja auch FRAUEN und MÄNNER sollen uns recht sein, oder D und H. Aber stoppt den Surrealismus, hört auf mit minimalistischen Strichfiguren, verzichtet auf angedeutete Bärte und Lippen, auf skizzierte Hosen und Röcke, auf obskure Schuhe und Stiefel, auf abstrakte Kurz- und Langhaarsymbole.

Denn wenn es einen Ort gibt, vor dem kein Zweifel darüber bestehen darf, dass es der passende (stille) ist, weil es vor ihm wie vor keinem anderen manchmal absolut keine Zeit zu verlieren gilt, dann ist es das WC. (Unlängst haben sie mich wieder auf der Damentoilette erwischt. – Peinlich.)

Mouskouri-Therapie

Wenn man sich mit 45 so spät wie mit 20 hinlegt und strafweise mit 80 aufwacht, weil einem die Halswirbel den Buckel runtergerutscht sind, ehe sie sich kreuzweise verkeilt haben, dann – Nana Mouskouri.

Wenn man bedenkt, dass es 22 Jahre her ist, dass die erste CD verkauft wurde, wenn man also davon ausgehen muss, dass den jungen Briefträgern das Wesen einer Vinyl-LP bereits fremd sein könnte, wenn man sich daher nicht wundern darf, dass die in einem Weichpapierkarton zugestellte Schallplatte spitzbogenförmig ins Postkastl eingebaut wurde und unbespielbar ist, dann – Nana Mouskouri.

Wenn man (und das muss ich an dieser Stelle einfach loswerden) sein Alter präpensionsschockartig neu zu überdenken beginnt, weil man soeben das Angebot erhalten hat, für einen Maturaball (nein, nicht eine Boogie-Mitternachtseinlage beizusteuern, sondern) den »Ehrenschutz«, ja, ehrlich, den Ehrenschutz zu übernehmen, dann dringend – Nana Mouskouri. Und zwar nicht ihre Musik, sondern ihr derzeit wieder zahlreich ausgehängtes Plakatgesicht: Diese Frau ist seit mindestens dreißig Jahren immer gleich alt geblieben und wird wohl noch lockere dreißig gleichaltrige Mouskouri-Jahre drauflegen. Ihr Anblick gibt Mut.

Österreich zuerst!

Bald endet in Europa die Chartersaison für Restsommerwütige. Am Flughafen Heraklion auf Kreta fehlen dem Personal nur noch wenige Wochen, um sich in psychotherapeutische Behandlung begeben zu können. Über den Samstag, 14.10., mussten sie allerdings noch drüber. Vor Mitternacht trafen beim Ein-, Um- und Danebenchecken die Chartergäste von »Vienna« (zwei Maschinen) auf »Vilnius« und »Leipzig«. Das war brutal. Dazu muss gesagt sein, dass es auf Kreta fünf der vergangenen sieben Tage geregnet hatte, während Österreich eine Woche unter der Sonne gelegen sein soll, wie beim Anstellen durchsickerte. In grob fahrlässiger Außerachtlassung dieses Umstands wurden (schlechtwetterresistente) Litauer und Deutsche bei der Gepäckskontrolle den Österreichern vorgereiht, nur weil ihre Flieger früher flogen. Aber nicht mit »Vienna«! »Leipzig« war ein leichtes Spiel, die Deutschen stellten sich artig hinten an. »Vilnius« wurde abgeriegelt, aber immer wieder brachen bleiche Litauer durch.

Aufgebrachte, Souvlaki-bebauchte Wiener Familienväter bildeten nun eine Menschenkette. Da resignierte das Personal. Österreich zuerst! Das weiß man nun auch schon auf Kreta.

Einseitiges Kennen

Eine der unangenehmsten Fragen, die man von einem Passanten gestellt bekommen kann, lautet: »Kennst du mich nicht mehr?«

Bevor die Peinlichkeit verbal wird, durchläuft sie schon einmal unbehagliche visuelle Stufen: Man selbst betrachtet nüchtern einen Fremden, der einen unverschämt persönlich angesprochen hat und einem jetzt auch noch in aller Aufdringlichkeit warmherzige, kumpelhafte, verschworene oder gar verklärte Blicke zusendet – gerade dass er einem nicht in die Arme fällt.

Die Antwort, die eigentlich gut überlegt sein sollte, muss sofort kommen. Und da riskieren viele: »Doch, klar kenne ich dich, na Wahnsinn! So was! So ein Zufall! Wie geht's dir denn? Was treibst du? Sag, wann haben wir uns das letzte Mal gesehen?« (Sehr gefährlich, denn der Fremde könnte erwidern: »Heute früh. Ich war der Barkeeper.«)

Eine schöne, die geradezu klassische Variante lautet: »Doooch, jaaa, klaaar! *(Pause.)* Ich weiß im Moment nur nicht, wo ich dich hintun soll. Hilf mir!«

Nie aber würde jemand wagen, ehrlich, spontan, aus dem Bauch heraus zu antworten: »Nein, leider, ich kenne dich nicht mehr, und dabei würde ich's auch ganz gerne belassen.«

Es ist, wie es ist (I)

Auf der Suche nach einem Ranking – der zeitgemäßen Form, der Menschheit zu sagen, was für sie zählt und in welcher Reihenfolge –, auf der Suche nach einem Ranking, welches Ranking-Medien noch nicht auf-, ab- und ausgerankt haben, wurden wir fündig und präsentieren Ihnen heute exklusiv: »Die zehn wahrsten Alltagsweisheiten der Weltgeschichte«. Ein Team von Hobbyweisen hat hierfür wochenlang die Ohren gespitzt. Da nun das Ergebnis:

10.) *Morgen ist auch noch ein Tag.* – Kleine Unsauberkeit: für jeden je einmal im Leben nicht.
 9.) *Das ist heute ein Wetter.* – Schönheitsfehler: Klingt ein bisschen so, als wäre gestern keines gewesen.
 8.) *Wir werden alle nicht jünger.* – Noch nicht, aber die Medizin bemüht sich.
 7.) *Es hilft nichts.* – Kaum wegzuargumentieren.
 6.) *Zahlt sich nicht aus.* – Schöner Österreichbezug.
 5.) *Du wirst schon sehen.* – Prädikat: pädagogisch unerlässlich.
 4.) *Was du nicht sagst.* – Sehr weise, aber unfertig.
 3.) *Man weiß nie, was kommt.* – Spannend, anregend, aber kryptisch.
 2.) *Es kommt, wie es kommt.* – Extrem klug, aber manchmal kommt's doch anders.
 1.) *Es ist, wie es ist.* – Der unumstrittene Sieger. Wahrer geht es wirklich nicht mehr.

Es ist, wie es ist (II)

Bei unserem Ranking der zehn »wahrsten Alltagsweisheiten der Weltgeschichte« sind einige Klassiker der phrasierten rhetorischen Lebensbewältigung unprämiert geblieben (z.B.: »Wenn's lauft, dann lauft's.« – »Immer is' irgendwas!« – »Da kann man nix machen.« – »Kaum ist die Sonne weg, wird's frisch.« – »Oft hast a Pech.« – »Hilft's nix, dann schadt's nix.« – »Von nix kommt nix.« – »Ein bissl was geht immer.« – »So ist das Leben.«).

Eine weitere heimische Spezialität: die facettenreichen Wahrheiten rund um das Hilfszeitwort »haben«. Dabei reicht die Verschiebung eines einzigen Buchstabens (»s«) aus, um den Sinn ins Gegenteil zu verkehren: »Das hat was.« (Da ist etwas Gutes dran.) »Da hat's was.« (Da ist etwas nicht in Ordnung.) Wer nicht weiß, was es damit auf sich hat, der bediene sich des bodenständigeren »Wer hat, der hat«. Damit hat sich's dann wirklich.

Von mehreren Hobbyjuroren vermisst und eines Podestplatzes unter Österreichs weisesten Alltagssprüchen zweifellos würdig: »Wird schon werden!« – Unverbindlicher kann Trost nicht Hoffnung für die Zukunft säen.

Grantprofis

Seit Jahren fragen wir uns, was es mit der Unfreundlichkeit von Kellnern in altehrwürdigen Wiener Cafés auf sich hat. Beispiel: Nach einem Besuch im Bräunerhof, einer der strengsten Kammern Österreichs, vermeint man, die Leute auf der Straße stünden unter Glücksdrogen und sogar die Polizisten blinzelten einem leutselig zu.

Der Verdacht liegt nahe, dass Genervtheit und unbeugsamer Bedienungsunwille nur gespielt, ja perfekt inszeniert sind. Vermutlich mussten die Ober mehrsemestrige Grantseminare und Muffigkeitskurse absolvieren, um uns Gästen so zu begegnen, dass wir geneigt sind, bei jeder Bestellung um Verzeihung dafür zu bitten. Nachträglich genieren wir uns für unsere Devotheit und reden uns ein, wir fänden das rüde Auftreten der Kellner sympathisch. Schnell spricht sich das unter Touristen herum, die in der Andiniertheit der Ober den bis dahin verzweifelt gesuchten Wiener Charme ausfindig gemacht zu haben glauben. Uns wiederum irritieren Freunde, die behaupten: »Zu mir sind sie immer freundlich.« Vielleicht haben wir ja was falsch gemacht. Also: wieder hingehen, um die Gunst werben, schlecht behandeln lassen, Stammgast werden.

Gackerlsackerl

Was wäre die Sprache der Bundeshauptstadt ohne die bagatellisierende Kraft ihrer Endsilbe »erl«! Ohne das Vierterl (zu schmächtig für Alkohol). Ohne das Zigaretterl (zu zart für Nikotin). Ohne das Sekunderl (zu kurz für eine Verzögerung). Ohne das Pantscherl (zu harmlos für eine Affäre).

Mit »erl« diplomiert sich der Wiener seine Leichtmütigkeit. Mit »erl« weicht er Unannehmlichkeiten aus und federt Grobheiten ab. Dank »erl« lassen sich die härtesten Brocken des Alltags auf die leichte Schulter nehmen, von wo sie einem bequem den Buckel runterrutschen können.

Als hätte die städtische Verniedlichungsfähigkeit noch eines letzten Beweises bedurft, läuft seit einigen Wochen ein das Stadtbild prägendes Kampagntscherl mit Tausenden Zetterln und Pickerln. Plakatwandheld ist ein Terrier-Hundserl mit großem Kopferl und kleinen Fußerln. Im Goscherl hält es ein Taferl mit der Botschaft: »Nimm ein Sackerl für mein Gackerl.« (MA-Werbetexter hätte man werden sollen.)

Jedenfalls lässt sich anhand der Kampagne recht eindrucksvoll nachvollziehen, warum Hundebesitzer in Wien nicht auf die Idee kommen, den Dreck wirklich wegzuräumen.

Was ist Montenegro?

Die Versicherungsanstalt öffentlich Bediensteter hat eine Außenstelle in St. Pölten. (Zugegeben, es gibt spannendere erste Sätze, es wäre aber nett, wenn Sie trotzdem weiterlesen.)

An besagter BVA-Außenstelle ist Gerfried K. jüngst mit folgendem Ansuchen vorstellig geworden: »Ich hätte gerne einen Urlaubskrankenschein für Montenegro.« Die Sachbearbeiterin ließ die Globalität dieser Worte eine Weile auf sich wirken und erwiderte dann: »Wos is' Montenegro?« Gute Fragen verdienen präzise Antworten. Der Kunde sagte: »Ein Staat zwischen Kroatien und Albanien.« Digitale Kontrolle mit enttäuschendem Ergebnis: »Leider, des Land hamma net im Computer.«

Gerfried K. gibt nicht auf: »Wahrscheinlich läuft das unter Serbien und Montenegro.« – »Serbien?«, fragt die Beamtin. »Tut mir leid, Serbien hamma a net im Computer.« – Kunde: »Das gibt's doch nicht!« Beamtin: »Oh ja!« Anderswo wäre das schon das Ende des Gesprächs gewesen, die ambitionierte Sachbearbeiterin aber setzt nach: »Vielleicht is' des Rest-Jugoslawien?« – »Das wird's wohl sein«, erwidert der Kunde: »Auch wenn sich die Zeiten geändert haben.« Zumindest in Jugoslawien, wenn schon nicht in St. Pölten.

Wo ist die Donau?

Schon tröstlich, dass es Institutionen gibt, die nachträglich darlegen, wie man kein Opfer des Hochwassers geworden wäre, hätte man sich vorher richtig verhalten. Der Zivilschutzverband wartet hierfür mit einem minutiösen Plan auf. Eindringlich legt er uns »die Beobachtung der Umgebung der Wohnlage« ans Herz. Dabei erhebt sich nicht nur für kurzsichtige Häuselbauer die Frage: »Sind Flüsse, Bäche oder die Donau in der Nähe?« (Wohnt man etwa in St. Pölten, und plötzlich ist die Donau in der Nähe, deutete bereits einiges auf Hochwasser hin.)

Nicht immer ist hohes Wasser freilich so klar ersichtlich, wissen die Zivilschützer: »Oft muss man dazu ein wenig genauer schauen, um nicht den großen Fluss hinter dem Damm zu übersehen.« Weitere Fragen tun sich auf, z.B.: »Ist in der Gemeinde bekannt, dass es schon einmal ein Hochwasser dort gab?« – Einfach nachfragen, so lernt man auch Menschen kennen. Wenn man dann noch auf verdächtige Nebengeräusche achtete, wie »Sirenen, Lautsprecherdurchsagen, beginnender Stegbau«, steht der Früherkennung eines Hochwassers nichts mehr im Wege. – Jawohl, das ist österreichischer Katastrophenschutz. Nichts Schlimmeres soll einem passieren.

Die ersten Worte

Keine anderen Worte eines Menschen werden mehr gefeiert als seine ersten. Manche Eltern sind ehrlich, daraus erklären sich die hohen Quoten für »Auto«, »Mama«, »Papa«, »Dada« und »Wauwau«, Letztgenanntes höchstens im Falle Anjas bemerkenswert, weil sie dabei auf einen Polizisten zeigte. In einer Blitzumfrage im Büro, wo fantasiebegabte Leute sitzen, erinnert man sich an erste Worte der eigenen Kinder: »Ruhe« (Florian, ein stilles Kind), »Dudelsack« (Alex, »Sack« war nur angedeutet), »Jawa« (Karla, denn »Karla« ging noch nicht).

Schön, wenn die ersten Worte dem Alltag entspringen, wie im Falle Adrians, von dem »Hinten geht's!« zu hören war (Vater beim Einparken, Familie beim Einweisen). Eher deftig: »Saubauch« (Moni, könnte aber auch »Glaub auch« geheißen haben).

Vor wenigen Tagen hat Sarah ihre ersten Worte gesprochen: »An Du!« Die macht es spannend. Seither grübelt ihr Umfeld, denn »An Du!« klang vorwurfsvoll, so wie »Mann, du!« Da sie an Vaters Hemd zog, mag es die Kurzform von »Was hast du an, du?« gewesen sein. Derzeit übt sie »Asch«. Schafft sie noch ein »T«, so geht sich bereits die lebensnotwendige Bekundung »An Duascht!« aus.

Lukas und der Polizist

Alarmierendes trug sich jüngst vor einem Josefstädter Zebrastreifen zu. Eine junge Mutter hielt ihren kleinen Buben an der Hand und sagte: »Komm, Lukas, wir können gehen.« Lukas (höchstens fünf und mit den Nerven bereits am Ende): »Nein, da steht ein Polizist.« M: »Ja, genau, und der Polizist zeigt uns gerade, dass wir gehen können. Also komm!« L: »Nein, ich geh nicht!« M: »Lukas, er hat uns gewunken, wir dürfen gehen.« L: »Ich geh nicht zum Polizisten, der hat eine Uniform an.« M (ungeduldig): »Lukas, bitte, das ist ein normaler Verkehrspolizist. Wir gehen ja nur vorbei. Komm jetzt endlich!« L (reißt sich los): »Ich geh dort nicht hin. Der Polizist hat eine Waffe!« M: »So ein Blödsinn. Das ist ein ganz lieber Wachmann, der regelt für uns den Verkehr. Komm jetzt! Er hört gleich auf zu winken.« L (weinerlich): »Der Polizist hat eine Waffe, er zeigt sie nur nicht her! Jeder Polizist hat eine Waffe. Gehen wir woanders!« Die genervte Mutter hebt Lukas hoch und quert mit ihm die Straße. Auf Höhe des Wachmanns beginnt der Bub heftig zu strampeln und schreit: »Nicht schießen!« Die Mutter entschuldigt sich beim verdutzten Beamten.

Kann es sein, dass die Kleinen daheim zu viele »Bad Lieutenants« sehen?

Jahr der Jägerinnen

Geht es nach dem Homepage-Texter der *Interessengemeinschaft liberales Waffenrecht in Österreich* (IWÖ), dann ist die Waidfrau die emanzipatorische Aufsteigerin des Jahres. »Die Zeit, in der man die Jägerinnen belächelt hat, ist vorbei«, freut sich der Autor zu berichten: Jägerinnen seien »nicht mehr nur eine Staffage, sondern ernst zu nehmende Waidkameradinnen«. Düster zeichnet der Autor freilich den Hintergrund: »Unsere Zeit ist jagdfeindlich, und das liegt hauptsächlich an der Erziehung unserer Jugend. Wie jedermann weiß, haben sich die Männer aus der Erziehung weitgehend verabschiedet. Alleinerziehende Mütter – in der Volksschule fast keine Lehrer mehr, nur mehr Lehrerinnen. Diese Frauen sind nur allzu oft Gegnerinnen der Jagd, und sie vermitteln das den ihnen anvertrauten jungen Menschen.«

Umso beeindruckender, wie viele junge Frauen es trotzdem auf die Hochstände geschafft haben: »Sie können der Jagd jene Wertigkeit wiedergeben, die ihr von alters her zugekommen ist.«

Ach ja, Anlass für diesen aufrüttelnden IWÖ-Artikel war die Kunde vom neuen Jägerinnenkalender. Dreimal dürfen Sie raten, welche Art gute Figur da die Jagdmodels machen.

Der Boudi

Schön, dass dem Amerikaner Bode Miller im Skisport so viel gelingt. Erstens sind das stets auch Siege des Leichten über das Schwere, des Verspielten über das Naturgewaltige. Zweitens hört man unsere Kommentatoren jetzt häufiger »Bode« sagen. – Da reift ein phonetischer Ohrenschmaus der Sonderklasse heran.

Den Skifahrer ereilt dabei jenes österreichische Sprachphänomen, das wir das Lech-Walesa-Syndrom (LWS) nennen wollen. Ab einer gewissen Stufe der Popularität muss ein Name öffentlich-rechtlich richtig ausgesprochen werden. Jahrelang kam »Lech« wie jenes am Arlberg daher, und »Walesa« war ein schlampiger Waliser mit »e«. Dann wurde bekannt, dass der Name eigentlich polnisch ist. Ab da gurgelte es Kehlkopfverrenkungen wie »Löch Walaingsa«, »Leck Walenchsa« oder »Leing Walngsa« durch die TV-Kanäle.

Nun also Bode Miller. Jahrelang war er unbedeutend genug, um als »Body Miller« (Körper Müller) durchzugehen. Seit seinen Erfolgen ergehen sich die Sprecher in Lauten, als wären von obersteirischen Wölfen großgezogene südburgenländische Ureinwohner vors Mikrofon gebeten worden: Boudi, Bouudi. Baouudi. Baooouuudi. – Und die Saison hat erst begonnen.

Abenteuer Café

Aus dem Kaffeehaus, wo Wien im November gerne stattfindet, sind neue Erlebnisse zu berichten.

1.) Im renommierten Café P. in der Innenstadt kostet ein Großer Brauner 3,50 Euro. Das ist zwar mittlerweile ganz normal verrückt, aber wüsste es der Schilling, er würde sich im Grabe umdrehen. Gast Thomas W. war der Braune bedauerlicherweise zu dunkelbraun. Er bat um einen Fingerhut Milch. »Kostet 30 Cent extra«, sprach da der Kellner. Gast: »Aber nicht im Ernst!« – »Wenn Sie Pommes bestellen, können Sie auch nicht nach Belieben Pommes gratis nachverlangen.« – Souverän argumentiert!
2.) Im etablierten Café W. in Penzing will Gast Robert L. um neun Uhr früh ein Wiener Frühstück bestellen. »Gerne. Mit Tee?«, fragt die Kellnerin. »Mit Kaffee«, erwidert der Gast. »Oje«, schreckt sich die Kellnerin. »Kaffee hab i kan.« Kein Kaffee im Café? – »Ja, leider, die Kaffeemaschine wird grad geputzt.« – Ideal terminisiert!
3.) Im beliebten Café E. in der Josefstadt wurde Petra K. Ohrenzeugin jenes Kurzdialogs zwischen einem unendlich aufgeregten Gast und seinem endlich aufgespürten Ober. Gast: »Ich warte schon seit einer halben Stunde auf die Bestellung!« – Kellner: »Warten S' net, bestellen S'!«

Beim alten Friseur

Gehen Sie ins »Haarstudio« oder zum Friseur? – Fürs Studio spricht der Finanzkrisenbewältigungsgedanke, wonach wir möglichst viel Geld bitte rasch und gerne auch sinnlos ausgeben sollen, um die Wirtschaft anzukurbeln.

Das Personal ist aus Modejournalen ausgeschnitten und 3-D-computeranimiert. Man sagt »du« zu dir und (nachher) »coole Frisur!«, damit du dich ebenfalls wie zwanzig fühlst. Für dein Haar gilt: nur nicht kürzen, aber vorher dreimal waschen. Warum du wiederkommen wirst? Wegen zwei Minuten Kopfmassage – und weil die Haare noch immer so lang sind.

Jüngst riskierte ich einen Besuch beim Vorstadtfriseur. Der trockenhaubenbehangene Raum erinnerte an den Film »Brazil« (1985). »Hinten stufig raufschneiden?«, fragte die nette Friseuse mit slawischem Akzent. Dann arbeitete sie eine gute halbe Stunde hoch konzentriert, bis kein Haar mehr über dem anderen lag. Einmal fragte sie: »Hat der Herr schon alle Weihnachtsgeschenke beisammen?« (Hilfe, noch keines.) Ich bedankte mich für Frisur und Denkanstoß, bezahlte zwei Drittel weniger als sonst – und komme wieder. Man darf doch auch einmal in Würde altern, oder?

Männerhort

Achtung! In einem beheizten Zelt am Herbert-von-Karajan-Platz in Salzburg können noch bis einschließlich Sonntag Männer abgegeben werden. *Carrera* hat dort einen Hort für Herren eingerichtet, die dem Weihnachtseinkauf apathisch im Wege stehen. Im Männerhort können sie in loungeartiger Atmosphäre unter Spielzeugrennautos, Computersimulationen und Börsenkursen wieder zu sich selbst finden. Der Rekord vom Vorjahr, da im Advent 1500 Männer abgegeben wurden (vorsorglich mit Nummern versehen, um Verwechslungen beim Abholen zu vermeiden), dürfte gebrochen werden. Für Männer, die nicht mehr abgeholt wurden – dazu gibt es betrüblich hohe Dunkelziffern –, werden fixe Heimplätze gesucht.

Wien wartet leider mit keiner vergleichbaren Einrichtung auf. Hier mühen sich Frauen beim Einkauf noch mit elektronischer Fernsteuerung ab.

Mittwoch, 17 Uhr, Steffl: Er, verkabelt: »I drah glei durch. Wo is des?« *(Pause.)* »Do gibt's oba kans.« *(Pause.)* »Wos haßt, beruhig di? Du schickst mi do her (…).« *(Pause.)* »Des Blaue oder des Rode?« *(Pause.)* »Göbes gibt's kans!« *(Pause.)* »Wonn i da's sog!« *(Pause.)* »Schatzl, wast wos, schau söba!« – Abgang.

Mama, jetzt nicht!

Dank (Nokia-)Ohrenschutz unterhält man sich heute nicht mehr mit-, sondern gegeneinander. Wer in der U-Bahn zufällig nicht am Gerät hängt, ist genötigt, tief in die Privatsphäre der Umsitzenden einzudringen.

Selten beginnen Telefonate mit so vielversprechenden Worten wie: »Mama, jetzt nicht!« Der Sohn ist etwa fünfzig Jahre alt, seriös bis zum Scheitel – und in die über dem Aktenkoffer ausgebreiteten Börsenkurse vertieft, als es passiert: Mama will, und zwar jetzt.

Hier das Protokoll eines unabwendbaren Gesprächs. »Mama, bitte!« *(Pause.)* »Du, ich ruf dich später an.« *(Pause.)* »Ja, danke!« *(Gemurmelt, mit gesenktem Kopf:)* »Nein, zusammenlegen bitte!« *(Lauter, sehr verschämt:)* »Zusammenlegen!« Mama dürfte schon schwer hören. *(Geflüstert:)* »Die Hosen haben Zeit!« *(Lauter, leidend:)* »Nicht die Hemden, die Hosen! Du, ich ruf dich später an!« Keine Chance. »Jaaa, Mama!« *(Pause.)* »Was du willst!« *(Schon recht gereizt:)* »Ist mir wirklich egal!« *(So leise wie möglich:)* »Dann Kalbsgulasch!« *(Lauter, gequält:)* »Kalbsgulasch!« – Sagt es, versenkt sein Handy in der Tasche, atmet tief durch – und blickt in rundum entspannte, schmunzelnde Gesichter: Ja, da muss die Welt noch in Ordnung sein, wo Mama noch bügelt und kocht.

Herzvolle Linien

Wer spüren will, wie man wirkt, wenn man mit der Tür ins Haus fällt, der versuche, mit einem Kinderwagen in eine Wiener Straßenbahn einzusteigen. Frau K. wählte jüngst die Linie 49. »Kann mir wer helfen?«, rief sie ins Wageninnere. Immerhin: Keiner sagte Nein. Daraufhin kränkte sie den Fahrer mit den Worten: »Können Sie mir helfen?« Konnte er nicht. »Hearn S', ihr habt's eh Zeit. Warten S' auf an Ulf!«, schimpfte er: »Jede dritte Garnitur is a Ulf!« (Ultra Low Floor.)

Griffige Dialoge reicht man gerne weiter. Frau K. informierte das Kundenservice der Wiener Linien. Am nächsten Tag erhielt sie eine auffallend aufmerksame Antwort: Vielen Dank für die Rückmeldung. Man werde sich darum kümmern. »Bis zur Beendigung unserer Recherchen bitten wir Sie noch um etwas Geduld.«

Zwölf Tage geschah, was in solchen Fällen meistens geschieht: nichts. Am 13. Tag – die Sensation: Ein Beamter klopft an die Haustür, entschuldigt sich im Namen der Behörde, erklärt, der rüpelhafte Fahrer sei »zsammgschissen« worden – und schenkt den K.s ein Stofftier für die Kleine.

Hochachtung, werte Linien: Mit solch charmanten Gesten könnt ihr berühmt werden. Wenn euch nur die Stofftiere nicht ausgehen.

Geknickte Billets

Zu den Weihnachtsverlierern dieses Jahres zählt (sich) Traute E. Sie ist beinahe so geknickt wie ihre zwei Dutzend kunstvoll gebastelten und verschickten Billets. Und das kam so:

E. ging zur Post, um die letzten drei einer Serie von Weihnachtsbriefen aufzugeben. (Etwa zwanzig waren davor schon in den dafür vorgesehenen Boxen im Amt gelandet.) Die junge Postlerin nahm eines der Kuverts, knickte es in der Mitte und sprach: »Unterfrankiert!« Wäre das Poststück richtig frankiert gewesen (0,75 statt 0,55 Euro), hätte es sich nämlich nicht knicken lassen. Oder anders: »Das Kuvert lässt sich nicht u-förmig biegen, also ist es zu schwer.« Um ihren Worten Nachdruck zu verleihen, knickte sie auch den zweiten Brief. – Kundin E. erkannte sofort die V-Form: unterfrankiert!

Und die Briefe in der Box? – Schaut schlecht aus. »Die Sortieranlage muss die Briefe u-förmig biegen können, dann sind sie leicht genug«, erklärt die Postlerin. Das sei neu, »es hat aber eh eine Übergangsfrist gegeben«, tröstet sie. E. bittet nun alle, die ihre Billets mit V-Knick erhalten und dafür auch noch Strafporto zahlen müssen, um Verzeihung. Und wenn noch einmal irgendwer »u-förmig« sagt, rastet sie aus.

Weihnachtsaufschub

Für heuer ist es schon zu spät. Aber was halten Sie von der Idee, Weihnachten künftig um exakt einen Monat zu verschieben? Uns fallen nur Vorteile ein:

1.) Klimatisch. Der echte Winter beginnt ohnehin erst im neuen Jahr. Die Chancen auf weiße Weihnachten sind am 24. Jänner bedeutend größer.
2.) Wirtschaftlich. Doppelter Advent. Sieben lange Weihnachtseinkaufssamstage. (Kleiner Schönheitsfehler: zwei bis drei Monate Christkindlmärkte, aber da müssten wir durch.)
3.) Finanztechnisch. Geschenke in allen Preisklassen. Luxuseinkäufe bei großer Auswahl im Dezember, Winterschlussverkauf mit günstigen Last-Minute-Angeboten im Jänner.
4.) Stresstechnisch. Wir haben es offenbar in den Genen zu glauben, dass zu Weihnachten alles erledigt sein muss. Bis 24. Dezember geht sich das niemals aus. (Deshalb sind wir genau in der Verfassung, in der wir gerade sind.) 30 Tage mehr Zeit – und wir sängen erstmals wirklich entspannt »Stille Nacht«.
5.) Psychologisch. Nach den Weihnachtsfeierlichkeiten im Jänner erscheint bereits ein Frühlingslichtlein am Horizont. Nur noch zwei Monate bis Ostern! (Es sei denn, wir verschieben Ostern auf Mai.)

Westenstation

Holprig Deutsch zu sprechen ist ansteckend. Fragt uns ein Tourist: »Wie ich komme in Schönbrunn Schloss?«, neigen wir zur Erklärung: »Du gehen gerade zu Haltestelle von Autobus (…).« Nun, ein Hotel in Wien-Mariahilf hat dieses Phänomen im Internet zur fulminanten Serviceleistung ausgebaut. So schlecht können potenzielle Gäste gar nicht Deutsch sprechen, dass sie die Botschaft nicht verstehen, die da lautet: »Jedes von unseren fröhlichen Zimmern bietet den ganzen Trost an, den Sie erwarten.« Und wer Anfang Dezember in Wien absteigt, benötigt wirklich jede Menge Trost, zum Beispiel: »Dusche, WC, Kabelfernsehen, Telefon und ausgezeichnetes Bett für ›der Schlaf von einer guten Nacht‹ im wahren Sinn vom Wort.« (Der unwahre Sinn vom Wort für den Schlaf einer schlechten Nacht wäre nämlich der Albtraum.) Ergreifend die Passage: »Wir wollen Sie zu Hause zu fühlen.« Macht gar nichts, wenn das Touristen ein bisschen zu eng sehen. »Schneller Zug« bringt Sie bequem zum Hotel. Und die Lage ist einfach irre: »Westenstation, deutsche Autobahn sowie alle andere Sehvermögen können in zehn Minuten erreicht werden.«

Üble Erfinder (I)

Eine stille Ungerechtigkeit der Weltgeschichte ist der schonende Umgang mit schlechten Erfindern. Während jeder kleine Buchhalter die Finanz am Hals hat, wenn er bei den Einnahmen hinten eine Null vergisst, während erbärmliche Leistungen in Kultur und Sport medial geahndet und vom Publikum gerächt werden, kommen schlechte Erfinder stets schadlos davon. Sie flüchten in die Anonymität – und lassen uns mit ihren elendigen Produkten allein.

Wo ist etwa der Erfinder des u-förmig über ein Medikament gestülpten Beipackzettels? Melde er sich und lege er das aufgeblätterte Papier vor unseren Augen so lange zusammen, bis es wieder in die Packung passt.

Wo ist der Erfinder des Zuckerstreuers mit eingebauter Eisen-Makkaroni-Röhre? Stelle er sich und führe er uns vor, wie er dosierte zwei Löffel Zucker in eine Tasse leiten will. Bringe er auch seinen Kollegen mit, der uns unten am Salzstreuer ein Loch mit Plastikverschluss eingebaut hat: Der fülle vor uns Salz ein.

Ja, und welches kranke Gehirn ist auf die Idee gekommen, Marken in das Krageninnere von Hemden zu nähen? Diesen Erfinder kaufen wir uns und werden ihn so lange mit Federn am Hinterhals kitzeln, bis er um Verzeihung bittet.

Üble Erfinder (II)

Vielen Dank an alle Leserinnen und Leser, die in Serien von E-Mails und Postings aufgezeigt haben, wo wir täglich Nervenkraft und Zeit liegen lassen und woran unsere Haare im Gerauftsein erstarren und ergrauen (oder ausgehen): an schlechten Erfindungen. Wir wollen unsere Fahndungsliste daher auf folgende Personenkreise ausweiten:

1.) Gesucht wird der Besitzer jener Gehirnzelle, die sich öffnungsresistente, laschenlose Zellophanverpackungen für CDs und DVDs herausgewunden hat. Und dann wundert sich noch einer, dass die Menschen immer öfter zum Küchenmesser greifen.
2.) Wer verantwortet eigentlich das rot gelackte Vakuum-Ketchup-Päckchen, diese vor Tomatengrippe geschützte Quarantäneeinrichtung für die noch unentdeckt gebliebene Spezies handschuhtragender Spezialkonsumenten?
3.) Wer hat die Alufolienrolle verbrochen, mitsamt ihrem sinnlosen Papierzackengehäuse? Bis in die Träume kletzeln wir an dem sich stets selbst verklebenden Folienende.
4.) Und noch ein dringlicher Personenruf anlässlich des bevorstehenden 20-Jahr-Jubiläums der Komposition »Last Christmas (I Gave You My Heart)«: WO IST GEORGE MICHAEL?

Roquefort auf Reise

Am 14. Dezember wurde in Dijon ein französisches Weihnachtspaket aufgegeben. Sieben Tage später kam es in Wien an. Empfänger Josef K. war allerdings nicht daheim. Die Mitteilung zur Hinterlegung ging in Werbeprospekten unter. Das Paket blieb im Postamt. Weitere neun Tage vergingen – da langte bei Josef K. eine Aufforderung der Post ein, wonach jene Sendung »wirklich dringend« abzuholen sei. Doch der Empfänger war verreist. Erst Tage später war Josef K. in der Lage, das Postamt aufzusuchen – zu Mittag, da hatte es geschlossen. Weitere fünf Stunden vergingen – kostbare Reifezeit, wie sich bald weisen sollte.

Am Abend stand der Kunde vor einer der Schwerarbeiterregelung akut bedürftigen Postbediensteten, die mit zittrigen Händen jenes monströse, mehrfach umwickelte, mit Heftklammern übersäte Paket hervorholte, welches das Amt tagelang in Atem gehalten hatte. Und die Postlerin sprach: »I waaß zwoa net, wos drin is, oba es is extrem!« – Ihr sei verraten: ein Ex-Brie, ein Ex-Mont-d'Or, ein Ex-Roquefort und ein (auf ewig) aromatisierter Seidenschal.

Kleiner Tipp an Frankreich: Schickt uns SMS oder E-Mails, aber reizt nie wieder die diabolische Mischung aus Käse und Postweg aus.

Bettelkatalog

Wie man gemeinhin argumentiert, warum man Bettlern kein Geld gibt:

Weil man nicht bei ihnen vorbeikommt. Weil man sie nicht bemerkt. Weil man nicht hinschaut. Weil es sie eigentlich nicht geben dürfte. Weil in Österreich kein Mensch betteln müsste. Weil es Arbeit für jeden gibt (außer für Arbeitslose, aber für die gibt es Arbeitslosenunterstützung). Weil die Sozialhilfe ohnehin von Steuergeldern bezahlt wird. Weil Betteln nicht erlaubt ist. Weil Bettler oft organisiert und kriminell sind. Weil Bettler ihre Kinder zum Betteln statt in die Schule schicken. Weil die bettelnden Kinder daheim alles abliefern müssen. Weil man Bettlern mit Geld prinzipiell nicht helfen kann. Weil sie mit dem erbettelten Geld weder Gewand noch Essen, sondern Alkohol kaufen. Weil sie mit dem Geld ihre Drogensucht finanzieren. Weil sie sonst glauben, sie können weiter vom Betteln leben. Weil es immer mehr Bettler geben würde, je mehr man jedem Einzelnen von ihnen gibt. Weil es, umgekehrt, bald keine Bettler mehr gäbe, wenn ihnen keiner mehr etwas gibt. Weil man die Armut von der Straße wegfegen könnte, indem man sie aushungert.

Wie man argumentiert, warum man Bettlern Geld gibt: Gar nicht. Man gibt.

Versprungene Zeit

Die Zeit, die uns im Dezember verlässlich wieder fehlen wird, vergeuden wir – genau jetzt, Anfang Jänner. Werktags pilgern wir in die Großkaufhäuser und versuchen bedrückende Weihnachtsgeschenke durch Umtausch unschädlich zu machen, trotten wie die Lemminge den leuchtenden Schlussverkaufstafeln nach und freuen uns, fünf Christbaumkugeln zum Preis von einer einzigen vorweihnachtlichen zu erstehen.

Dramatische Ausmaße kann der Zeitverlust an den Restfest- und -feiertagen annehmen. Gegessen hat man alles, erledigt noch nichts, außer sich selbst. Hauptsächlich beschäftigt man sich mit Schnee. (Beobachtung im Flug, Betrachtung auf dem Boden, schaufeln, Skifahren zuschauen, Skifahren wegschauen.)

Eine der härtesten Prüfungen, wie viel Langeweile ein österreichisches Neujahrsgehirn verträgt, stellt (heuer zum 54. Mal) die Vierschanzentournee der Skispringer dar. Wer ihr via TV in vollem Umfang beiwohnt, versäumt eine halbe Woche. Und wenn der Wind einfällt, der Springer ins Wartehäuschen zurückgeholt wird und irgendwo eine Jury zusammentritt, dann ist der tote Punkt erreicht. Dann steht die Sendezeit still, und die echte stiehlt sich uns hinterrücks davon.

Tequila ohne (sich)

Weil der Grippeimpfstoff ausgegangen ist, verrate ich Ihnen hiermit, quasi als heißen Neujahrsgesundheitstipp, mein (noch nicht eingereichtes) Weltpatent: alkoholfreier Tequila. Gleichzeitig schwöre ich Ihnen: Seit ich meine von befreundeten Ärzten abgesegnete Erfindung zweimal täglich konsumiere (und das seit mehr als einem halben Jahr), kann ich nicht mehr an Erkältung erkranken.

Gleich zu den Ingredienzien: Sie benötigen nichts als ein Stück gereinigter Handinnen- oder -außenfläche (am besten Ihre eigene), ferner eine Dose Ascorbinsäure, dazu eine Packung Bio-Meersalz, jodiert und fein gerieben, und eine funktionierende Wasserleitung. Das reicht mindestens für ein Jahr.

Anwendung: Sie lassen sich täglich morgens und abends je eine Prise Vitamin-C-Pulver auf die Hand rieseln und streuen etwa eine halbe Menge Salz darüber. Dann marschieren Sie mit der Zunge einmal darüber – und fertig. Schmeckt köstlich sauersalzig und erinnert unweigerlich an die großen Tequila-Zeiten der 80er-Jahre. Damals hat man nach dem genussvollen Zitrone-Salz-Zeremoniell fatalerweise Stamperl um Stamperl ekligen Schnaps nachgelegt und sich damit das Gehirn eingetrübt.

Familiensauna (I)

Wollen Sie wissen, was von Ihrer Familie übrig bleibt, wenn die Badeordnung sie erfasst hat? Dann besuchen Sie samstagnachmittags die Sauna im Wiener Jörgerbad.

Im November war Merlin (10) mit seinem Vater dort. »Tut mir leid«, sagte die Kassierin: »Heute ist Familiensauna.« Vater: »Richtig, deshalb kommen wir.« Kassierin: »Sie dürfen aber leider nicht hinein.« Wieso? Erst ein paar Wochen vorher war Merlin mit seiner Mutter da gewesen. »Ja, deine Mama und du, ihr zählt als Familie, aber dein Papa und du – leider nicht«, verkündete die Stimme zur Badeordnung. Und tschüss!

Im Jänner probierten es Merlins Eltern zu zweit. »Um 16.30 muss der Mann aber wieder raus«, warnte die Kassierin: »Dann beginnt die Familiensauna.« Da diese im »Damenbereich« stattfinde, dürfe die gnädige Frau bleiben, hieß es ergänzend. Vorschlag des gnädigen Herrn: Er besucht die Herrensauna und stößt um 16.30 familiengemäß zur Frau dazu. »Geht nicht, ein Mann darf nur rein, wenn eine Frau dabei ist.« (Und nicht schon drinnen ist.) »Ich kann Sie aber gemeinsam wieder reinlassen.« – »Das heißt, wir bezahlen beide doppelt?« – »Jetzt haben Sie's verstanden!« Und tschüss!

Familiensauna (II)

Das Wiener Jörgerbad hat seinen Familienbegriff neu definiert. Fein, dass wir hier im Jänner dazu den Anstoß geben durften. (Ein Vater war in zwei Anläufen – einmal mit Kind, einmal mit Ehefrau – gescheitert, in die Sauna zu gelangen.) Noch bevor die Bezirks-VP einen Antrag für mehr Gleichberechtigung im Bade stellen konnte, hat die MA 44 durchgegriffen und eine neue Regelung erstellt (und ausgehängt). Ihr revolutionäres Herzstück: »Familiensauna bedeutet, dass dabei Männer ausschließlich mit weiblicher Begleitung bzw. in Begleitung eines Kindes bis zum 15. Lebensjahr und Frauen auch alleine Zutritt haben.« Der Satz gewinnt sogar noch an Charakter, wenn man analysiert, was er für Frau, Mann, Kind und Familie bedeutet:

1.) Eine Frau ist eine Frau, wenn sie nicht jünger als 15 Jahre ist, sonst ist sie ein Kind.
2.) Eine Frau ist, sofern sie kein Kind mehr ist, immer eine Familie, egal ob allein oder zu zweit.
3.) Ein Mann ist ein Mann, wenn er älter als 15 ist, darunter ist er ein Kind.
4.) Ein Mann ist eine Familie, wenn er von einem Kind (bis 15) oder einer Frau (ab 15) begleitet wird.
5.) Ein Mann allein ist nie und nimmer eine Familie.
6.) Nein, meine Herren, auch nicht zu zweit!

Metallgesichter

Wie man von der Shopping City Süd über den Freizeitpark Horn hinweg bis ins Jugendzentrum Dornbirn beobachten kann, schreitet die Vollmetallisierung des jugendlichen österreichischen Antlitzes munter voran. Hier eine kleine Übersicht mit Werteanpassung.

Flinserl im Ohr: Beide sind stecken geblieben, Flinserl und Träger.

Kugerl in der Nasenwand: Erstmals frech im Leben.

Kugerl links und rechts von der Mitte der Nase: Gleichgewicht hergestellt.

Sternderl in der Nasenwand: Karten fürs Christl-Stürmer-Konzert.

Ringerl im Nasenflügel: Christl-Stürmer-Konzert ausverkauft.

Kugerl in der Wange: Abgedriftet.

Kugerl in der Lippe: Robuster Fieberblasenersatz.

Ringerl in der Augenbraue: Herumhängen erlaubt, hängen bleiben verboten.

Kugerl in Lippe, Wange und Augenbraue: Nase im goldenen Dreieck.

Mehrere Kugerln rund um den Mund: Perfekte Wimmerltarnung.

Kugerl in der Zunge: Endlich Widerstand (beim Beißen).

Kugerl in Lippe und Zunge: Klatschen ohne Hände möglich.

Kugerln, Ringerln und Sternderln verteilt über das ganze Gesicht: Sinnlose Lehre, depperter Meister, fade Freunde, fehlende Oide, ödes Leben, gute Pizzaschnitte.

Moretti tat es

Seit Montagabend weiß ich, woher mein mulmiges Gefühl rührt, wenn mir Jugendliche begegnen, in deren Wangen sich Büroklammern festgekrallt haben, deren Lippen durch Sicherheitsnadeln zusammengehalten werden oder von deren Mundwinkeln eingeschweißte Ketterln baumeln. Erst dachte ich, ich bin eben bereits ein alter Spießer und gönne der Jugend die Freiheit der Antlitz-Gestaltung nicht. Dazu fiel mir der Arbeitsmarkt ein, der quasi am Absatz kehrtmacht und davonläuft, wenn ihm Mundbearbeitete in die Quere kommen. Ein bisschen stieß ich mich am Akt der Durchlöcherung. Und schließlich erschienen mir die oralen Klammerkonstruktionen auch ein wenig hinderlich im Alltag, beim Essen, Küssen und Abnehmen der Metallteile beim Flughafen-Check.

Am Montag erst merkte ich, wie viel tiefer meine Ängste sitzen. Da ergriff der zornige Tobias Moretti im TV-Psycho »Das jüngste Gericht« so ein mundnahes Eisengehänge und riss es dem Burschen aus der Verankerung. Das war, Ritualmord hin oder her, die grausamste Filmszene, die ich je gesehen habe. Deshalb mein dringlicher Appell an alle Verzierten: Bitte passt auf, dass ihr nirgendwo hängen bleibt und keiner anzieht!

Es werde Nebellicht

Zu den noch unentdeckten literarischen Hoffnungsgebieten der deutschen Sprache zählt die bezirkshauptmannschaftliche Anonymverfügung. Vor allem im Raume Wien und Umgebung widmet sich hier eine ambitionierte Künstlergruppe, experimentell wie überwachungsorganisch, dem zeitgenössischen Straßenverkehr und seinen Teilnehmern. Die Themen kehren immer wieder und ziehen sich wie ein roter Faden durch das Schaffen: Auto, Sünde, Laster, Buße und Vergeltung.

Exemplarisch wollen wir hier ein Kleinod rezitieren, zu welchem sich ein uniformierter Vertreter der modernen Dichtkunst im Ortsgebiete des weinlaunigen Gumpoldskirchen hatte inspirieren lassen.

Tatbeschreibung: Als Lenker des Kraftwagens während des Fahrens tagsüber Abblendlicht, Nebellicht, sofern dieses mit in die Fahrzeugfront integrierten Nebelscheinwerfern ausgestrahlt wird oder spezielles Tagfahrlicht nicht verwendet, auch wenn keine Sichtbehinderung durch Regen, Schneefall oder Nebel vorlag.

Dass Lyrik solcherart tiefsinniger Lichtblicke nicht unentgeltlich konsumierbar ist, leuchtet ein: »Es wird folgende Geldstrafe verhängt: Euro 25,00.«

Sperr' ma zua!

Irgendwann wird es Therapieseminare geben, wo wir im Kreise fachlich geschulter Betreuer über unsere täglichen Erfahrungen mit Post und Bahn reflektieren können. Bis dahin müssen wir uns mit dem Austausch von Einzelerlebnissen begnügen. Diesmal: 19. Jänner am Bahnhof Stockerau. Dort lernte Thomas W. die Vorzukunft von »zusperren« kennen.

Personalschalter, hell erleuchtet. 17.15 Uhr. Niemand da. Kunde W. wartet einige Minuten. Der Bahnbeamte erscheint.

W: »Guten Tag.« B: »Guten Tag.« W: »Ich möchte eine Bahnkarte kaufen. Für morgen früh, nach Kitzbühel.« B: »Für wohin?« W: »Kitzbühel. Abfahrt 9:30 vom Westbahnhof. In Wörgl muss ich umsteigen.« B (schüttelt den Kopf): »Na, des geht net. I hob scho zua.« W: »Jetzt schon? Kurz nach viertel sechs?« B: »Sperr i scho zua!« W: »Ah, Sie sperren erst zu. Dann könnte ich doch …« B: »Sperr i scho zua!« W: »Wann?« B: »Um 17.20 sperr i zua!« W: »Es ist aber erst 17.19.« B: »Da sperr i scho zua. Da konn i nix mehr obedrucken.« W: »Aha, der Schalter ist noch offen, aber ich kann keine Karte mehr kaufen?« B (erleichtert): »Ja, genau.« W:« Na wunderbar. Dann recht herzlichen Dank.« B: »Gern gscheh'n, Wiedersehen!«

Unendlicher Splitt

In Wien rollt und rieselt noch immer gar leise der Splitt. Oft liegt er auch einfach nur da und staubt vor sich hin, bisweilen bewegt sich ein Automobil und wirbelt die Wolke hoch, hie drückt der Regen sie zurück auf den Asphalt, da hebt der Wind sie zu den Fenstern und macht Milchglas aus den Scheiben, die in der Dämmerung matt und fleckig schimmern, als wären sie Lungenröntgenbilder.

Die Mieter im Haus Zeilergasse 8 beobachten dieses Naturschauspiel seit 17 Jahren. Zur Punschzeit wird Rollsplitt gestreut, ab Ostern wird überlegt, ob es sich noch auszahlt, ihn wegzuräumen, bevor die Wintersaison beginnt. Heuer wollte es Frau S. telefonisch wissen. Und sie erfuhr von der Straßenreinigung Hernals: »Ein bissi was is' eh schon weg.« Straßenreinigung Ottakring: »Das Problem sind die Autos, wo's drunterliegt.« Chef der Straßenreinigung im Magistrat: »Jaja, das ist schwierig!« – Bürstenwagen schleudern den Splitt von der Straße weg, Besenmänner kehren ihn wieder in die Mitte. Das Bürgerservice beruhigt: »Wir haben ihn schon fotografiert.« – »Nicht fotografieren! WEGRÄUMEN!!«, fleht da die Mieterin.

Indes tagt in einem fernen Konferenzraum der nächste Feinstaubgipfel.

Gipfel des Staubes

Ein Problem gilt erst als problematisch, wenn es der Politik medial so nahegetreten wurde, dass es ansteht. Nun, wir haben endlich wieder ein Problem, das ansteht, so luftig es auch daherkommt. Es ist der gute alte »Feinstaub«.

Was macht die Politik mit einem anstehenden Problem? – Sie sitzt es entweder aus (Sitzung). Oder sie sagt »Guten Tag« dazu (Tagung). Oder sie lädt Experten ein, die »Guten Tag« dazu sagen (Fachtagung). Oder sie bildet eine Menschenkette um es herum (Arbeitsgruppe). Oder sie behandelt es so lange, bis es sich erschöpft hat unter dem Druck der geistig damit Beschäftigten (Seminar). Oder sie malträtiert es so lange, bis es sich aufgelöst hat im Säurebad professioneller Lösungsansätze (Symposion).

Muss man damit rechnen, dass das Problem alle oben genannten Veranstaltungen dahingehend übersteht, dass es nachher noch immer ansteht, dann gibt es nur noch eine (österreichische) Möglichkeit: Man muss es kidnappen, abriegeln und zudecken. Mit anderen Worten: Man macht einen Gipfel darüber. Im konkreten Fall richtet man einen »Feinstaubgipfel« ein. Staubt es vom Gipfel zu sehr herunter, dann schnürt man am Fuße desselben ein »Feinstaubpaket«. Und basta.

Gehsteuer

Damit sich Österreich seine geschäftsoriginellen Wirtschaftskriminellen in Spitzenpositionen leisten kann, muss alles teurer werden. Zum Beispiel Fahrscheine, Parkplätze, Kerosin, Benzin. Autos sowieso. Und Mopeds und Auspuffe und Fahrräder und Fahrradständer und Fahrradständerinstandsetzungsarbeiten.

»Wer sich bewegt, muss zahlen« stand kürzlich in den Zeitungen groß zu lesen. Das leuchtet zwar ein, ist aber politisch noch nicht konsequent zu Ende gedacht. Es fehlt: die Gehsteuer. Denn wie kommen die, die fahren, dazu, für die zu zahlen, die gratis gehen? Dazu ist das Pflaster zu teuer. Der Asphalt nützt sich ab. Bandscheiben leiden (und müssen später kostenintensiv behandelt werden). Sauerstoff wird verbraucht, Kohlendioxid abgesondert. Keine Frage: Geher verpesten die Umwelt – ein klassischer Fall für den Finanzminister.

Unser Vorschlag: Ausstattung aller Bürger mit Gehvignetten, die gut sichtbar auf der Stirn angebracht sein müssen. Läufer und Wanderer benötigen ein Zusatzpickerl. Pensionisten zahlen die Hälfte. Gehsteuerfreie Zonen: Flughäfen, Kfz-Werkstätten, Parkgaragen, Finanzamt, Bahnhof, Jakobsweg, Friedhof.

Handyrasselsteuer

Handymastensteuer? – Hervorragende Idee! Hässliche Dinge (wie Masten) und quälende Luxusgüter (wie Handys) können gar nicht hoch genug besteuert sein. Ferner anzuraten:

Handyquasselsteuer. Wer öffentlich telefoniert, ist abgabenpflichtig. Die Höhe richtet sich nach der Lautstärke des Telefonats, der Anzahl und Entfernung der umstehenden Personen und der Dauer des Gesprächs.

Handyrasselsteuer. Wer öffentlich angerufen wird, ist abgabenpflichtig. Die Höhe der Steuer richtet sich nach dem Enervierungsgrad des Klangsignals, der Lautstärke desselben und der Anzahl und Entfernung der davon betroffenen Personen. Wird der Anruf angenommen, tritt auch die Bestimmung für Handyquasselsteuer in Kraft.

Handymehrklangsteuer. Wer öffentlich angerufen wird und das Handy öfter als zweimal läuten lässt, ist zusatzabgabenpflichtig.

Handyaufsichtsvernachlässigungssteuer. Wessen Handy unentwegt öffentlich läutet, weil der Besitzer zum Zeitpunkt des Anrufs abwesend ist, muss mit hoher Steuerbelastung rechnen.

Zur Überwachung der Bestimmungen wird der personalaufwendige Beruf eines Handysteuerfahnders eingerichtet. Er finanziert sich aus den Steuereinnahmen.

Feriale Energie

Familie L. investierte die volle Energie der gleichnamigen Woche in ein Tiroler Alpental. Und zwar so:

Sonntag: Frühstück, tanken, zwei Mahlzeiten (vier Kinderteller, vier Erwachsenenmenüs). Getränke, Obst, Schokolade.

Montag: Vier Wochenskipässe, viermal Leihskischuhe, viermal Leihskier. Kinderskischulkurs für zwei, eine Skibrille, vier Lunchpakete, viermal Abendessen. Getränke, Comic-Hefte.

Dienstag bis Freitag, täglich: viermal Leihskischuhe und Leihskier, viermal Jause, viermal Essen. Süßigkeiten, Getränke, Obst, Zeitungen.

Dienstag bis Freitag, vereinzelt: eine neue (dickere) Skijacke, zwei Paar (eisfeste) Skifäustlinge, warme Skiunterwäsche. Rätselhefte, Bücher, Spiele. Kosmetika, Fieberthermometer, Grippemedikamente.

Freitag, exklusiv: ein Notarzthubschrauber, ein Spitalsbett, eine Gipsmanschette.

Samstag: Anreise des Schwagers (zum Rücktransport des verletzten Kindes). Abschied vom Hotel. Abschied vom Spital. Tanken. Acht Stunden Abschied von der Westautobahn.

Bilanz: Mentale Energie verbraucht. Finanzielle Energie ausgeschöpft (zweieinhalb Monatsgehälter von Wolfgang L.). Da man sich aber sonst nichts leistet, hat es sich ausgezahlt.

Valerie ist keine Biene

Valerie (5) stand am Mittwoch unmittelbar vor ihrem ersten großen Kostümfest. Ferner stand sie unmittelbar vor dem Spiegel und konnte ihr Glück nicht erkennen. »Ich schau aus wie eine Biene«, bemerkte sie weinerlich. »Schatzilein, du bist auch eine Biene, du bist sooo hübsch!«, tröstete Mama.

Dann ging's Schlag auf Schlag. Valerie (zornig): »Ich bin keine Biene, ich bin ein Mensch!« M: »Das ist ja auch nur eine Verkleidung.« V: »Ich will aber keine Biene sein!« M: »Willst du lieber eine Prinzessin sein? Oder eine Sängerin? Vielleicht die Christl Stürmer?« V: »Ich kann gar nicht die Christl Stürmer sein, weil die Christl Stürmer ist selbst die Christl Stürmer!« M: »Aber wir können dich als Christl Stürmer verkleiden.« V: »Warum?« M: »Äh, weil Fasching ist, da verkleiden sich alle Kinder.« V: »Warum?« M: »Weil, weil, weil – das lustig ist.« V: »Ich will aber die Valerie sein!« M: »Schatzilein, egal wie du dich verkleidest, du bleibst immer die Valerie!« V: »Ich will mich aber nicht verkleiden!« In diesem Moment betritt der Papa den Raum, sieht sein Kind und sagt bestürzt: »Valli, wie schaust denn du aus?«

Vielleicht sollte man Fasching einmal ernsthaft überdenken, und zwar nicht erst am Aschermittwoch.

Kundenkartenterror

Beim Verkäufer im Geschäft fallen oft noch letzte Fragen. Hier ein kleiner Abriss, was wann zu hören war (und vielleicht bald zu hören sein wird).

1960: »Wollen Sie's anschreiben lassen?«
1970: »Sollen wir's nach Hause liefern?«
1980: »Brauchen S' ein Plastiksackerl?«
1990: »Haben Sie einen Geschenkgutschein?«
(Anfang) 2002: »Zahlen Sie in Euro oder in Schilling?«
(Ab) 2003: »Zahlen Sie bar oder mit Kreditkarte?«
2006: »Wollen Sie vielleicht eine Kundenkarte?«
2007: »Haben Sie schon eine Kundenkarte?«
2008: »Haben Sie eine Kundenkarte?« (Nein.) »Wollen Sie eine Kundenkarte?« (Nein.)
2009: »Haben Sie eine Kundenkarte?« (Nein.) »Wollen Sie eine Kundenkarte?« (Nein.) »Darf ich Sie auf die Vorteile einer Kundenkarte …« (Nein!)
2010: »Haben Sie keine Kundenkarte?« (Nein!) »Darf ich Sie darauf aufmerksam machen, dass Sie mit einer Kundenkarte …« (Nein!!)
2012: »Darf ich Sie darauf aufmerksam machen, dass Sie ohne Kundenkarte …« (Nein!!!) »Dass Sie ohne Kundenkarte …« (Nein!!!!) »Dass Sie ohne Kundenkarte nicht mehr unser Kunde sind. Auf Wiederschauen!«

Wilde Erdbeeren

Ein bisschen konfus agieren wir Konsumenten beim Konsumorientiertsein ja immer, da man dabei so bequem das Hirn ausschalten kann. Aber manchmal scheint es, wir lassen uns sogar für eine Spur depperter verkaufen, als wir sind: Beim Betreten des Supermarkts wissen wir noch, dass jener, der draußen geduldig auf uns wartet, im Volksmund »Spätwinter« genannt wird. Dann stehen wir in der austrotropisch präparierten Obstabteilung am Fuße von Kettengebirgen rot gefüllter Körbe und glauben, das sei zumindest ein Pfingstwunder, wenn nicht sogar eine erste Sommerbotschaft. Ja, wir könnten schwören, dass die Dinger, die da spaßeshalber als Erdbeeren bezeichnet werden, auch im wirklichen Leben welche (gewesen) sind. Aufgewachsen in der Februargluthitze Hollands und Belgiens, in spanischen Dörfern, in Kalifornien – wahrscheinlich Strawberry Valley. Weiß an der Spitze (auf der weiten Reise sichtlich gealtert), aber zäh wie Kautschuk und hart wie Zedernholz, gestählt durch den Wandel der Zeit und Klimazonen.

Und was machen wir angesichts ihrer? – Tatsächlich, wir kaufen sie. Schlimmer noch: Wir essen sie. Und das Allerschlimmste: Wir bilden uns ein, so schmecken Erdbeeren.

Wärme macht Babys

Zum Aussterben braucht es zwar einige Zeit, aber der Trend ist deutlich.« Ein großes Zitat, taufrisch der Zunge des Leiters der Innsbrucker Neonatologie entlehnt. Passt zu unseren eisigen Zehen in klammfingrig vorgezogenen Wintersocken. Was derzeit nicht ausstirbt, stirbt zumindest ab.

Dem stemmt sich mit Vehemenz eine völlig absurde Theorie entgegen – die Mär vom direkt proportionalen Verhältnis zwischen Kälte und Zeugungsfreudigkeit. Erst vor wenigen Tagen wieder verschrieb sich ihr der *Kurier* mit der Schlagzeile: »Kalter Winter sorgt für Geburten-Plus«. Hintergrund: Im August kamen in Österreich 7009 Babys zur Welt, zehn Prozent mehr als im Vorjahr. Als Erklärung wird »der zum Kuscheln verlockende kalte Dezember« herangezogen. Blödsinn! – Kuscheln ist Sex mit bequemeren Mitteln, die gemeinhin nicht zur Geburt gereichen. Denn Kälte ist lustfeindlich. Sie zwingt einen unter die Decke, wo man nichts sieht, was zuletzt im Mittelalter reizvoll gewesen sein kann.

Hören wir also bitte auf, das Werk gewordener Eltern als Aufwärmprogramm zu verkaufen. Augustbabys lassen sich viel eher durch den allweihnachtlichen Fernreiseboom in die Sommerwelten erklären.

Ehegeheimnisse

Unlängst langte bei uns eine Presseaussendung mit dem auffälligen Betreff »Zufriedene Ehe, bitte um Ankündigung!« ein. – Eine zufriedene Ehe ankündigen? – Machen wir gerne. Allerdings sind im Stadium der Ankündigung (z.B. per Heiratsantrag) nahezu alle Ehen zufrieden. Unzufriedenheit erfahren sie zumeist erst in der Durchführung.

Der Aussender, ein Kursveranstalter, glaubt jedenfalls fest an ein »Geheimnis zufriedener Paare«. Dazu unsere Beobachtung: Partner sind oft dann am zufriedensten zu zweit, wenn sie voneinander getrennte Geheimnisse haben. Der Veranstalter kommt freilich aus der Pastoraltheologie – und sieht das Geheimnis des Miteinanders in gemeinsamen Gesprächen. Verzeihung, reden ist aber auch das offene Geheimnis jedes Auseinanders. (Man wähle etwa das Thema Haushalt.) Nur jene, die kompromisslos miteinander schweigen können, bleiben ewig zusammen, weil in heiklen Phasen keiner ausspricht, was sich der andere längst denkt.

Sollten Sie anderer Meinung und noch immer verheiratet sein, wenn auch nicht zufrieden, dann wenden Sie sich vertrauensvoll an die Trainer vom Referat Familienpastoral. Vielleicht kennen die Worte, die der Hälfte aller Ehen fehlen.

Ente lebt

Dürfen wir eine kurze Rauch- und Klima-Pause einlegen und uns einem leichten US-Thema zuwenden? Leicht erträglich. Leicht lesbar. Federleicht. Und ein eindrucksvoller Beweis, wie wenig Journalismus braucht, um seine Leistung zu erbringen. Die Botschaft: Eine Ente lebt. In den USA waren die Zeitungen tagelang voll damit.

Perky aus dem US-Staat Florida war am 15. Jänner – damals noch namenlos – von einem Jäger angeschossen, für tot gehalten und als Hauptspeise betrachtet worden. Als die Jägersfrau Perky zwei Tage später aus der Kühltruhe nahm und zubereiten wollte, öffnete das Tier die Augen und erblickte das Licht der Küche. Die Ente kam in ein Schutzzentrum für Wildtiere und wurde am verletzten Flügel operiert. Plötzlich: Herzstillstand. Weinende Pflegerinnen, zerknirschte Ärzte: Wie bringen sie es dem amerikanischen Volke bei? Doch da öffnet die Ente abermals die Augen und – lebt. Letzter Stand: Perky wird mit Antibiotika behandelt, es geht ihr gut. Sollte das Medieninteresse nachlassen, wird sie vermutlich wieder in Ohnmacht fallen oder ein Kind aus einem brennenden Flugzeug retten.

Gott wird Vater

„Gott hat geheiratet und wird wieder Vater.« So war es am Dienstag auf ORF online zu lesen. Und die hatten gründlich recherchiert.

Gott habe seine langjährige Lebensgefährtin geheiratet – in Las Vegas. Sie wolle weder »Gott« noch »Göttin«, sondern »Gottova« genannt werden. Der bis dato ledige Gott habe aus früheren Beziehungen zwei uneheliche Töchter. Bei der Trauungszeremonie war sein drittes Kind, die 21 Monate alte Tochter des Paares, anwesend. »Angesichts der Tatsache, dass wir schon sieben Jahre unter einem Dach leben und gemeinsam unsere Tochter erziehen, habe ich schon längere Zeit über unsere Hochzeit nachgedacht«, wird Gott anlässlich einer seiner raren Wortspenden ins Deutsche übersetzt. Las Vegas rechtfertigt er mit den Worten: »Mit der Stadt bin ich stark verbunden. Hier traten die größten Legenden (…) auf.« Gottova freue sich: »Ich bin glücklich, dass wir jetzt eine richtige Familie sind.« Sie sei bereits wieder im vierten Monat schwanger. Das Paar kenne das Geschlecht des Kindes noch nicht und wolle es auch nicht verraten, wenn es ihm bekannt sei.

(Wer Gott schon vergessen hat: Er ist 69, gilt als die goldene Stimme aus Prag und hört auch auf Karel.)

Fix portioniert

Damit das auch einmal dasteht: Jeder Gast hat den Gastwirt, den er verdient. Der Österreicher fordert genau jene Extrawürstel ein, die er in Österreich nicht bekommt. Und er bekommt sie nicht, weil sonst jeder daherkommen könnte. Erste Nichtösterreicher probieren es bereits.

Birgit R. aus Köln wollte zu Mittag in einem Wiener Innenstadtlokal »wirklich nur eine Kleinigkeit« essen: Würstel mit Senf, Käsetoast, Schinkenbrot (…). »Leider! An Wurschtsalat können S' haben. Oder a Lasagne«, berichtet der Kellner.

»Krieg ich eine kleine Portion Lasagne?« – »Nein, es gibt nur normale Portionen«, belehrt sie der Kellner. Jetzt wird Birgit stur: »Ich hätte gerne von der normalen Portion die Hälfte, ich zahle auch den normalen Preis dafür.« Klingt an sich fair, aber der Kellner steigt nicht darauf ein. »Wissen S' wos? I bring Ihnen die normale Portion, und Sie essen, so viel S' essen.«

Er hat sie nicht verstanden. Birgit: »Ich will nicht so viel auf dem Teller haben!« Kellner: »Dann nehmen S' den Wurschtsalat, des is' weniger.« Die Lasagne lasse sich nämlich nicht halbieren. »Des is alles fix portioniert«, erklärt der Kellner. »Gut, dann ein stilles Wasser«, sagt Birgit. – Endlich hat sie's kapiert.

Zurücktrinken

Der Alkohol ist uns Österreichern an die Herzkranzgefäße gewachsen. Wir scheuen keinen Aufwand, ihn uns schönzutrinken. Wein gilt als Medizin, die mit steigender Dosis immer alkoholverträglicher wird. Ein Schnapserl für die Verdauung hat noch nie geschadet. – In langen Nächten verdauen wir alle paar Minuten. Und am Tag danach begrüßt uns bereits das Reparaturseidel. (Oder Krügerl – bei komplexeren Reparaturarbeiten.)

Der Winzersprache hat sich auf dem boomenden Gebiet der akademischen Weinverkostung jüngst ein wundersamer Ausdruck entlehnt, der seine Wirkung bei uns Konsumenten nicht verfehlt. Er heißt »zurücktrinken« und bedeutet in der Weinwissenschaft: Man kann sich tatsächlich nicht nur nach vorne trinken, bis man umfällt, sondern knapp davor auch wieder zurück. Und das geht so: Wir beginnen mit jungen Weinen, übersiedeln zu kräftigeren, unterziehen uns hochprozentigen Ölungen, machen ungehemmt weiter, bis wir Rot nicht mehr von Weiß unterscheiden können. Ja, und dann trinken wir uns mit leichten Weinen schön langsam wieder zurück, bis wir nüchtern sind. Danach könnten wir aufhören. Man muss uns nur noch erklären, warum wir das sollten.

Wie viele Wachteleier

Die zweitbesten Geschichten erzählt das Leben, die besten hinter vorgehaltener Hand. Eines der stärksten Interviews, das jemals nicht erschienen ist, gelang meiner Schreibtischkollegin Verena vor wenigen Wochen. Es ging um die Mehrwertsteuer für Luxusgüter. Sie betreute das Wachtelei. Und wir wurden Ohrenzeugen folgender Telefonrecherche: »Guten Tag, hier spricht (…) vom Standard.« Pause. »Standard! Die Zeitung!« Pause. »Nein, nein, ich will Ihnen keine Zeitung verkaufen. Es geht um.« – »Es geht nur um.« – »Nein, es dauert wirklich nicht lange!« – »Nur ein …« – »Nur ein …« – »Nur ein paar Fragen an Sie als Experten.« Pause, Durchatmen, Zwischenapplaus der Kollegen. Welch hartes Geschäft! Dann kamen endlich die Sachfragen zum Thema – zwei Stück. Danach: Pause. Danach: große Pause. Danach: »Oh, Verzeihung! Sind Sie nicht …?« – »Dann muss ich eine falsche …«

Ja, es war eine falsche Telefonnummer. Nicht jene des Geflügelzüchters, sondern irgendeines grantigen obersteirischen Rentners, der vom Standard aus dem Mittagsschlaf gerissen und gefragt wurde: »Wie ist das mit den Wachteln? Wie viele Eier legen die eigentlich?«

Was Wissen schafft (I)

Das war wieder eine Woche der aufwühlenden O-Töne aus der Mehrzweckhalle der Wissenschaft:

1.) In Glasgow hat man festgestellt, dass Tagebuchschreiber vergleichsweise ungesunde und traurige Menschen sind. – Ist also gar nicht so klug zu wissen, was man gerade gelebt hat.
2.) Auf der New Yorker Harvard-Universität hat man sich unterdessen wieder eine neue teure Krankheit einfallen lassen: Das »Aufmerksamkeitsdefizit-Syndrom mit Hyperaktivität (ADHD)« verursacht bei den US-Bürgern Kosten von rund 77 Milliarden Dollar ihres Einkommens pro Jahr, heißt es. (Einmal ehrlich: Waren Sie jetzt wirklich aufmerksam?)
3.) Besonders beachtlich ist, was Kölner Wissenschaftlerinnen aufgespürt haben wollen: »Große Nasen riechen besser.« – Wäre jedenfalls ein schicker Titel für die *Spiegel*-Bestsellerliste.
4.) Sehr erfreulich für all unsere Tschecheranten, in diesem Fall live aus Heidelberg: »Alkohol nach Herzoperation soll gesund sein.« – Dann kann's wohl vorher auch nicht viel schaden.
5.) Und aus medizinischen Kreisen in Frankfurt verlautet: »Schnarcher haben häufiger Sexprobleme.« – Liegt möglicherweise daran, dass sie bereits schlafen.

Was wissen schafft (II)

Unser Mathematiklehrer vor etwa dreißig Jahren hatte zwar Freunde bei der Nasa, von denen er gerne erzählte, aber im Rechnen war er schwach. Bei Gleichungen mit mehr als einer Unbekannten verzettelte er sich vor unseren Augen oft heillos mit seiner Kreide. Wenn auf der Tafel wirklich nichts mehr ging, drehte er sich um und betete insgeheim zu Gott oder Pythagoras, dass ihm Wilfried P., unser Klassenbester, bald auf die Sprünge helfen wolle.

Freilich ließ sich der Lehrer niemals auch nur ein Fünkchen Schande oder Demut ob seines desaströsen Scheiterns anmerken. Im Gegenteil: Er lächelte, blinzelte aberwitzig und strich mit der Zunge listig über die Oberlippe. Dann ging er aufs Ganze und stellte aus dem Nichts eine Prüfungssituation her, indem er fragte: »Na, wer weiß es? Wem ist es aufgefallen? Wo hab ich den Fehler diesmal eingebaut?« Er fragte uns dies so lange, bis Wilfried P. bereit war, das Rechenmassaker zu bereinigen und die Gleichung zu lösen.

PS: Kürzlich schrieb ich: »Auf der New Yorker Harvard-Universität (…).« Diesen Fehler habe ich Ihnen natürlich absichtlich eingebaut. Jene, die sofort protestierten und »Cambridge« einforderten, kriegen von mir ein Plus.

Was Wissen schafft (III)

Angenommen, alles Wissenswerte ist schon gesagt, überliefert, mit Werbeparolen in die Hirnrinde jedes noch so trüben Verstands gehämmert. Angenommen, die letzten Fragen der Menschheit sind beantwortet (oder vergessen). Angenommen, die Wissenschaft ist ausgeforscht, der Mensch hinkt seiner Vermarktung nach, das »Seitenblicke«-Team hat zuletzt auch noch die Türen der versteckten Bauernstuben im niederösterreichischen Waldviertel geöffnet. Es gibt keine idyllischen Plätze mehr, keine Geheimnisse, alles ist verraten.

Und in dieser Situation, angenommen, machen Forscher noch ein letztes launiges Experiment. Sie gehen, weil es auch schon egal ist, der Frage nach, ob Menschen in Sirup schneller oder langsamer schwimmen als in Wasser. Sie lösen 300 Kilo Guarkernmehl in einem 25 Meter langen Wasserbecken auf und schicken 16 Testpersonen ins Rennen.

Also gut, geben wir es zu. Es ist schon so weit. Dieser Versuch wurde soeben unternommen. Und stolz verkündet ein US-Physikochemiker gegenüber dem Onlinedienst der Zeitschrift *Nature* das Ergebnis: »Schwimmer schwimmen in Sirup oder ähnlich zäher Flüssigkeit gleich schnell wie in Wasser.« – Jetzt darf die Welt untergehen.

Essen beim Zahnarzt

In Wien-Mariahilf wurde vor einigen Tagen das erste »Apothekenrestaurant« eröffnet. Es liegt voll im Trend des Umstands, dass der Österreicher, egal wo er ist, am liebsten isst, ja dass er den ganzen Trubel rund um die Vermarktung irgendwelcher Produkte nur in Kauf nimmt, wenn er sich zwischendurch geistig freiräumen, also wenn er essen und trinken darf.

Selbst in der ländlichen Einschicht, wo die Menschen im Winter so tun, als wären sie bereits ausgestorben, findet man sie gruppenweise stets nur dort, wo sie sich gerade ernähren: im Tankstellencafé, im Dorfmuseumsbeisel, bei der adventmärktlichen Hausblutwurstverkostung, bei der baumärktlichen Kebabverspeisung.

In Wien nun also ein Apothekenrestaurant – der überfällige Schulterschluss von Pharma und Gourmet. Das hat Vorbildwirkung für neue Mitesserbranchen.

In Planung:

a) Das erste Friseurbuffet. Angebot: Schillerlocken, Krautwickler, Presskopf.
b) Zum Schmankerldentisten. Spezialität des Hauses: Zahnspangenbrasse.
c) Kulinarisches vom Optiker: Kontaktlinsensuppe, Glasnudelaugen, Sehhecht, Litschis.
d) Metzgerei beim Masseverwalter. Menü: Hackfleisch.

Zu viel und mehr

Eduscho hat schöne Winterjacken. Den Kaffee kriegt man an der Tankstelle, Benzin wohl bald in der Diesel-Boutique. Beim Chinesen gibt's Pizza, beim Heurigen Bier. Der Hofer bietet Computer an. Mit dem Handy kann man fotografieren. Na ja, dem Fotoapparat ist jetzt natürlich langweilig. Was könnte er tun? Geschirr spülen? Und die Spülmaschine? Vielleicht babysitten?

Die Statistik Austria wirbt auf einer Pressemappe mit dem Hinweis: »Mehr als nur Zahlen«. Endlich: Zahlen waren immer schon die Schwachstelle einer Statistik, oder? Ab in den Container damit. Auf ihm versichert die Entsorgerfirma: »Mehr als nur Altpapier«. Und am Wiener Margaretenplatz hängt ein Plakat mit der Aufschrift: »Reisebüro und mehr«. Hat man vom städtischen Multifunktionalitätswahn genug (und mehr) und flüchtet man aufs Land in der Hoffnung, dort genau das zu kriegen, was man erwartet und sonst gar nichts, so resigniert man vor dem Mühlviertler »Gasthof und mehr« endgültig.

Achtung, ins Vielseitigkeitschaos geratene Wirtschaftstreibende: Nach der Manie kommt die Depression. Wer zu viel macht, macht nichts mehr gut. Darf's also ein bisschen weniger sein, dafür aber das, was es ursprünglich war?

Stromfresser

Zu den wenigen Dingen, die es schaffen, einem lautlos und gratis auf die Nerven zu gehen, zählen Postwurfsendungen. Umso verblüffter war Nadia S., als sie eine Broschüre mit dem Titel »Den Stromfressern auf der Spur: Bewusst verwenden statt verschwenden« in der Hand hielt und feststellen durfte: Wirklich hochinteressant, und einmal erfreulich gegen den Strom sozusagen. Denn in dem Heftchen ist übersichtlich aufgelistet, welche Haushaltsgeräte wie viel Energie verbrauchen. Es gibt so ein richtiges Ranking der Bösen, angeführt von Fernseher, Beleuchtung und Geschirrspüler. Gleich auf dem sechsten Platz – ganz ein Übler: der Wäschetrockner. Hat ohnehin noch nie wer begriffen, warum sich die Wäsche beim Trocknen helfen lassen muss. Und hier steht es nun, exklusiv für die Kunden der Salzburg AG: »Wäschetrockner sind Stromvernichter«. Die logische Alternative: »Wäschetrocknen auf der Leine«.

Nun, der gezielte Postwurf schleudert zu guter Letzt noch ein Gewinnspiel aus dem Ärmel. Ja, es gibt da tatsächlich ein Gerät im Wert von 700 Euro zu gewinnen. Wir nehmen an, Sie ahnen bereits, welches es ist. Richtig, ein Wäschetrockner! Humor haben die nämlich schon.

Frauengerecht

Unlängst hat unsere Kollegin stoßgeseufzt, weil sie in einem ohnehin erschütternd kurzen Artikel auch noch die Berufsbezeichnung von Frau Eva Kail unterbringen musste. Die ist weder Ärztin noch Bäckerin noch Anwältin noch Spenglerin. Sie ist »Leiterin der Leitstelle für alltags- und frauengerechtes Planen und Bauen in der Stadtbaudirektion des Magistrats der Stadt Wien«.

Wenn gilt, dass Dinge umso komplizierter sind, je mehr Worte man braucht, sie beim Namen zu nennen, dann ist Frau Kail in ihrer Tätigkeit nicht gerade zu beneiden. Wenigstens wird sie vom gefürchteten zweiten Teil des Berufsfrage-Doubles »Was machen Sie beruflich? – Aha, und was machen Sie da genau?« mit Sicherheit verschont. (Genauer als er heißt, kann man diesen Beruf vermutlich gar nicht ausüben.)

Im Zentrum des Geschehens steht dabei die »Alltags- und Frauengerechtigkeit«. Schon bedenklich, dass beides in einem Atemzug genannt wird, als sei der Alltag Frauensache. Und traurig eigentlich, dass man heute noch immer Planer und Erbauer in Form einer Leitstelle extra dazu anhalten muss, »frauengerecht« zu sein. Aber wiederum gut, dass es jemand tut. – In diesem Sinne: Erfolgreiche Arbeitswoche, Frau Kail!

Sein und Zeit

Seit Jahrtausenden beschäftigt sich der Mensch mit Fragen nach dem Sein und der Bedeutung der Zeit. Hier eine kleine Zitatenauswahl:

335 v.Chr., Aristoteles: »Es ist unmöglich, dass es Zeit gibt, wenn es das Bewusstsein davon nicht gibt.«

655, Augustinus: »Darum wollte es mich dünken, Zeit sei Ausdehnung und nichts anderes: aber wessen Ausdehnung, weiß ich nicht.«

1780, Kant: »Das Seiende ist das Sichzeigende.«

1807, Hegel: »Aber das Andere ist selbst ein Etwas überhaupt.«

1844, Marx: »Das Sein bestimmt das Bewusstsein.«

1927, Heidegger: »Nicht der Mensch ist das Subjekt der Geschichte, das Sein selbst ist es, indem es sich verbirgt; ihm ist der Mensch ausgeliefert.«

2005 (Märzmittwoch, 8.32 Uhr, Wien, Linie 43). Dichtes Gedränge im Waggon. Zwei unbekannte und einander fremde Philosophen unterschiedlichen Geschlechts im Alter um die dreißig Jahre. Er rempelt sie unabsichtlich zur Seite.

Fragende: »Wos iiis?!

Fragender: »Wos iiis?«

Fragende: »Wos soi sein?«

Fragender: »Wos wüßt?«

Fragende: »Na iiis wos?«

Fragender: »Na wos?«

Das heimische »Wä«

Vielleicht können jene Autoren, die sich gerade der Rettung der Sprache »Österreichisch« annehmen, meinen kleine Wä-Sprachführer verwenden. Ohne wä kommen wir nämlich nicht weit.

Hier die häufigsten Wortspenden:

Wä: Ausdruck der Abscheu. Pfui!
Owä: Hinunter. Oft im Befehlston: Aufforderung an einen, sich nach unten zu bewegen.
Awä: Immer seltener mit »Maria«. Wird zumeist auf der zweiten Silbe betont und bedeutet: ein Weh, Würstchen, Verlierertyp.
Auwä: Schmerzbegleitender oder vorwegnehmender Ausdruck der (oft geheuchelten) Anteilnahme am Leid eines anderen.
Auwäauwä: Schmerzbegleitender oder vorwegnehmender Ausdruck der (niemals geheuchelten) Anteilnahme am eigenen Leid.
Uwä: Deutscher Name, wird hier selten verwendet.
Düwä: Eine Hülse, in die eine Schraube hineingedreht werden kann. Auch: Von einer Gelse verursachte Wölbung der Haut.
Kaiwä: Kalb. Schwerer Hund. Dickes Kind.
Haiwä: Hauptstraße.
Kuawä: Kurbel. Zeitwörtlich: Kuawä owä! (Kurbel hinunter!)

Meiwä: »I did it (…). Rechte bei Frank Sinatra.
Greuwä: Krempel. Gerümpel. Alter Kram. Unnötiges Zeug. Deutsche Sprache.

26 Fragen zur Wurst

Martin W. kommt aus Wels. Das wurde ihm drastisch bewusst, als er heißhungrig in Wien bei einem Würstelstand landete, der überdies von einem ziemlich echten Wiener bewirtschaftet wurde. »Eigentlich wollte ich nur eine Currywurst bestellen«, erinnert er sich. Daraus entspann sich folgender Dialog:

Martin: »Bitte eine Currywurst.«
Wurstmann: »Wöchane Wurscht?«
M: »Eine Currywurst.«
W: »Woidvierdler? Buren? Schoafe? Käsekrainer?«
M: »Äh, ah so, eine Käsekrainer, bitte.«
W: »Aufschneiden? Zwa Höften? Im Gonzn?«
M: »Aufschneiden, bitte.«
W: »Senf? Ketchup?«
M: »Ja.«
W: »Wos? Senf? Ketchup? Beides?«
M: »Bitte Senf.«
W: »Wöchan? Siaß? Schoaf?«
M: »Einen süßen, bitte.«
W: »Drauf oder daneben?«
M: »Äh, daneben, bitte.«
W: »Schwoazbrot? Scherzl? Semmö? Soizgebäck?«
M: »Salzgebäck, bitte.«
W: »Wöchans?«
M: »Ein Salzstangerl, bitte.«

W: »Gurkerl? Pfeffaroni?«
M: »Nein, danke.«
W: »Wos zum Trinken?«
M: »Ja, ein Cola bitte.«
W: »Na hearns, Sie san ma oba ka Hüf! – Dosn oder Floschn?«

Zauberscheine

"Auch ich hatte als Uroberösterreicher letzte Woche eine nette Wien-Erfahrung«, erzählt uns Martin P. Er befand sich in einer Trafik, die so klein wirkte, als wäre sie der Bauchladen des Trafikanten, und sprach seinen Wunsch aus: »Ich hätte gerne Parkscheine gekauft für so circa drei Stunden Parken.« Daraufhin der Trafikant: »Na, des san oba Zauberscheine, die Sie do kaufen woin. Weu Parken geht hextens anathoib oder zwa Stund.« Martin: »Dann nehme ich zweimal eineinhalb Stunden. Kann ich da gleich beide ausfüllen und ins Auto legen?« Trafikant: »Des kennan S' mochn, do miassn S' hoid wieda an ausfüllen, wonn S' no länger parken woin. Außerdem güt de Kurzparkzone bis 22 Uhr, do miassn S' aufpassen!« Martin: »Dann nehme ich besser gleich viermal 1,5 Stunden.« Trafikant: »Vagessn S' des Johr ned beim Ausfüllen, des vagessn imma olle!« Sprach es, seufzte tief, zeigte auf ein Schild und schränkte ein: »Oba i hob kane Parkscheine! Gengan S' owe zur Währinger Stroßn, durt is a Trafik, die wöchane vakauft.« Martin P. gibt zu, dass das Linzer Parkscheinautomatensystem zwar effektiver, aber bei Weitem nicht so erkenntnisreich ist wie so eine Urwiener Info-Trafik.

Rettet die Serviette

Die Gefahr der Unerheblichkeit besteht darin, dass Dinge einreißen, bei denen man sich auf den Kopf greifen müsste – aber man tut es nicht, weil sie zu unerheblich sind. Reicht es einem einmal, und man spricht diese Dinge aus, so ist es oft schon zu spät, da sie bereits in Gewohnheit übergegangen sind.

Zum Beispiel hat sich die Serviette in der heimischen Gastronomie in eine völlig falsche Richtung bewegt. Bis vor Kurzem unterschied sich in ihrer Verwendung der Mensch vom Tier. (Oft war es beim Akt des Essens sogar der einzige Unterschied.) Aß ein Mensch und verfehlte er das Ziel oder überschätzte er die Größe seines Mundes, wischte er den Umkreis nachher ab. Zweckdienlich lag hierfür die saubere Serviette griffbereit neben dem Teller.

Im Deko-Wahn wanderte die Serviette dann plötzlich auf die Tellerfläche. Da man das Essen nicht gut daneben anrichten konnte, legte man es einfach darauf. In jedem zweiten Wiener Café serviert man uns jetzt Kuchen, Torte, Toast oder Würstel *auf* der Serviette, wodurch diese unbenutzbar wird. Womit wischen wir uns also ab? Mit dem Tischtuch – bis man uns dieses vielleicht als Suppeneinlage offeriert.

Der Zuhörtest

Woran erkennt man, dass man nicht mehr so jung ist wie früher?

Jung ist man, wenn man zuhören kann. Sehr jung ist man, wenn man zuhören muss. Jung bleibt man, wenn man niemals aufhört zuzuhören. Älter ist man, wenn man so tut, als würde man zuhören. Noch älter ist man, wenn man nicht mehr so tut, als würde man zuhören. Alt ist man aber erst, wenn man die Gefahr, zuhören zu müssen, dadurch bannt, dass man nicht aufhört zu reden. (Manche sind auf diese Weise schon mit dreißig alt.)

Jung ist man, wenn man weiß, wem man was erzählt hat. Nicht mehr so jung ist man, wenn man nachfragt, ob man es schon einmal erzählt hat. Noch weniger jung ist man, wenn man in Kauf nimmt, etwas zweimal zu erzählen, weil man nicht mehr weiß, ob man es schon erzählt hat. Ganz und gar nicht mehr jung ist man, wenn es einem egal ist, ob man es bereits erzählt hat. Schon recht deutlich alt ist man, wenn es einem egal ist, ob diejenigen zuhören, denen man es erzählt. Aber wirklich alt ist man erst, wenn niemand anwesend sein muss, damit man wieder einmal erzählt, was man seit Jahren erzählt.

Liebestötend

Traurig ist es um Namen für Liebespaare bestellt. Bald kommt der Frühling. Und wo stecken wir? Wir stecken in »Beziehungen«. Wir haben »Verhältnisse«. Wir verweilen in »Partnerschaften«. Im zweitbesten Fall führen wir »Ehen«, die klingen sogar im geschiedenen Zustand noch immer erotischer als alle anderen Formen von Verbindungen zu zweit. Im besten Fall sind wir Singles, da haben wir Aussicht auf Klangvolles wie »Liebschaften« oder gar »Romanzen«, die sich freilich plötzlich als »Affären« entpuppen können, wenn wir erfahren, dass der/die andere, wider besseres Dafürhalten (dass es niemals bekannt wird), in einer »fixen Beziehung« steckt. Aber sagen wir einmal, das ist dann nicht unser Problem. Ganz schlimm haben es gleichgeschlechtliche Paare erwischt, die vor dem Gesetz (welches sich in Österreich verbissen dagegen wehrt) wie Eheleute dastehen wollen. Sie müssen sich, nach bundesdeutscher Sprachregelung, einer »Lebensverpartnerschaftung« unterziehen, können also nach durchkämmten Amtswegen einander liebevoll »Du mein Lebensverpartnerschafteter!« ins Ohr flüstern. Sollten sie dann noch Gefühle füreinander empfinden, muss die Liebe wahrlich groß sein.

Handgesalzen

Manchmal kann man sich nur wundern, wozu die Sprache fähig ist, wenn sie dem Trend entsprechen will, einem Produkt noch eine letzte Nuance Naturbelassenheit abzunötigen. Als würde die vollbiologische Gefriertruhenerotik einer klarsichtfolienvollendeten Vakuumverpackung, aus der uns lachsfarben die sorgsam geschlichteten Blättchen vom norwegischen Räucherfisch entgegenlächeln, als würde dies allein nicht ausreichen, legt die Beschriftung noch eins drauf.

Als wäre diese klingend »Osso Collo« genannte und in appetitlich gefleckte Scheibenform gebrachte Synthese aus Schweinefleisch, Gewürzen, Glucose, Saccharose, geschmacksverstärkendem Mononatriumglutamat, Ascorbinsäure und Kaliumnitrat für die Konservierung, als würde diese edle Mischung unser Ernährungsbewusstsein nicht ohnehin bereits bis in die Ernährungsbewusstlosigkeit steigern, springt uns von der Verpackung eine weitere, geradezu sensationell natürliche Eigenschaft des Produkts ins Auge: »Handgesalzen.« Ja, tatsächlich: weder schultergezuckert noch lendengepfeffert noch fußgesäuert. Nein: »Handgesalzen.« Jetzt interessiert uns nur noch, wem diese gottvoll salzenden Hände gehören.

Ein feiner Polizist

Gesucht wird jener Polizist, der am Mittwochnachmittag im Zuge seines Streifendienstes in der Nähe vom Bahnhof Wien-Mitte gute fünf Minuten lang den doppelt besetzten Kinderwagen von Stefanie T. gehütet hat und die sechs Monate alten Zwillinge Jana und Fanni mit den Worten »Dududu«, »Tralala« und »Na, ihr süßen Zwerge ihr, so süße Zwerge, so süße Zwerge!« sowie einer angenehm monotonen Coverversion von »Alle Vöglein sind schon da« erfolgreich zum Weiterschlafen animierte. Jener Polizist, der nebenbei auch noch auf die Einkaufstaschen der jungen Mutter aufpasste, die nach einer mit Übelkeit verbundenen Kreislaufschwäche dringend die Toilette aufsuchen musste. Jener Polizist, der sich sodann anschickte, der Frau die schweren Taschen bis zum Haustor zu tragen, der per Funkgerät auch sofort einen Notarzt für die Frau verständigt hätte, aber so schlimm war es zum Glück nicht.

Stefanie T. will diesem Polizisten ausrichten, dass er »ein ganz feiner Kerl« sei. Und den Herrn Innenminister möchte sie bitten, sein Augenmerk auch auf solche Leistungen der Exekutive zu richten. »Denn die unauffälligen Helden des Alltags sind die größten«, sagt sie. Und da hat sie recht.

Der Hasendieb (I)

Ihre Freunde wissen bereits, was Carmen in Linz widerfahren ist. Ihr Erlebnis könnte aber auch für breitere Leserkreise von Interesse sein. Möglicherweise spricht es sich sogar unter Dieben herum. Dann wäre ihr Haustier, ein Hase, nicht sinnlos verstorben.

Vom Tierarzt erfuhr sie, was mit dem toten Tier zu geschehen habe. Nach dem Schock über den Tod und der Trauer über den Verlust nun auch noch dieses hässliche Wort für die ernüchternde letzte Station: »Tierkadaverentsorgung«. Sie packte den toten Hasen in ein Plastiksackerl. Nein – so konnte sie ihn unmöglich öffentlich transportieren. Also räumte sie ihre Laptoptasche aus und gab das Sackerl hinein. Man möge sich in Carmen hineinfühlen, wie es ihr in der gut besuchten Straßenbahn mit ihrem Gepäckstück ergangen ist. Jedenfalls wollte sie weder an den Inhalt denken noch die Tasche in der Hand halten. Sie stellte sie neben ihren Beinen ab und zählte die Minuten, bis das Ziel erreicht war. Als sie sich zum Ausstieg bereit machte – fehlte die Laptoptasche. Jemand hatte sie gestohlen.

Mit der Vorstellung, was in dem Dieb vorgegangen sein muss, als er die Tasche öffnete, wollen wir Sie jetzt allein lassen.

Der Hasendieb (II)

Kürzlich trugen wir hier die Geschichte der Linzerin Carmen weiter, der in der Straßenbahn eine Notebooktasche gestohlen wurde. Darin befand sich, nein, kein Notebook, sondern ihr verstorbener Hase, den sie zur Tierkörperverwertung hatte bringen wollen. Dieses »sagenhafte« Ereignis erfuhr eine nachgerade sensationelle Fortsetzung. Denn fünf Tage später war in der *Krone*, die mit der Wahrheit niemals spaßen würde, groß zu lesen: »Räuber wollten Laptop – und erbeuteten einen toten Hasen!« Untertitel: »Duo entriss einer hilflosen Rentnerin im Zug nach Baden Computertasche.«

Wir können nicht glauben, dass es sich um zwei verschiedene Hasen handelt. Unser Verdacht: Der Linzer Dieb flüchtete im Schock über die Beute nach Wien, bat in der Badener Bahn eine Pensionistin, auf sein Kleintier aufzupassen, und verschwand. Die alte Frau wunderte sich, dass das Tier so ruhig war, sah in der Tasche nach und stellte den Hasentod fest.

Gepeinigt von Schuldgefühlen ließ sie die Tasche verschwinden, täuschte einen Raubüberfall vor und verständigte die *Krone*. Nun darf man gespannt sein, wer die Laptoptasche findet: Vielleicht schon nächste Woche in »Vera exklusiv«.

Pferd in der U-Bahn

Anfrage von Frau Iris J. an die Wiener Linien: »Ich möchte mit meinem Pferd einen Ausflug in den Prater machen und müsste dazu die U1 benutzen. Bitte teilen Sie mir mit (…)«, ob das möglich sei und »ob das Pferd während der Fahrt einen Maulkorb benötigt«.

Antwort von Werner M., Verkehrsverbund Ost-Region: »(…) Wenn es sich um ein großes Pferd (z.B. Lipizzaner, Haflinger, Mustang, Flusspferd usw.) handelt, ist eine Beförderung nicht zulässig. Handelt es sich um ein neugeborenes Shetland-Pony oder Isländer und passt jenes in ein Behältnis, z.B. Reisetasche, ist eine Beförderung grundsätzlich möglich. (…) Seepferdchen können – ohne Maulkorbpflicht – mitgenommen werden, das Aquarium muss jedoch aus bruchsicherem Glas (Panzerglas) bestehen. Die Mitnahme von Schaukelpferden ist erlaubt. (…) Für Steckenpferde im physischen Sinn gilt ebenfalls o.a. Regelung, sonstige Steckenpferde können Sie in unbegrenzter Anzahl im Geiste mitführen. Wir hoffen, Ihnen hiermit gedient zu haben (…).« – Ja, das haben Sie, lieber Herr M.! Und im Namen von Frau J.: Herzliche Gratulation an den Verkehrsverbund für derart mit Humor und Esprit gesegnete Mitarbeiter.

März, nicht Mai

In drei Tagen beginnt unter widrigen äußeren Bedingungen der Frühling. Sagen Sie nicht, das sei kein Thema, keines für Menschen mit Niveau. Oder wollen Sie behaupten, König Friedrich Wilhelm IV. sei schlichten Gemüts gewesen, da er sich im Jahr 1841 von seinem Schlossdichter Emanuel Geibel mit der Botschaft aufrichten ließ: »Und dräut der Winter noch so sehr mit trotzigen Gebärden, und streut er Eis und Schnee umher, es muss doch Frühling werden.«

Und Georg von der Vring? – Er besuchte immerhin die Königliche Kunstschule in Berlin, schrieb aufsehenerregende Kriegsromane, unterrichtete, malte, philosophierte und kam irgendwann einmal zu dem Schluss: »Dreht der alte Erdenball wieder sich zum Lichte, wird der eisige Kristall am Gezweig zunichte.« (Heute würde man sagen: Wenn's wärmer wird, schmilzt der Dreck.)

Und was bemerkte schon Ende des 19. Jahrhunderts der große Theodor Fontane, Apotheker erster Klasse, Gesellschaftskritiker und herausragender Vertreter des bürgerlichen Realismus? – »Wohl zögert auch das alte Herz und atmet noch nicht frei, es bangt und sorgt: Es ist erst März, und März ist noch nicht Mai.« – Beeindruckend, wie recht er bis heute behalten sollte.

Gastgartenvorsaison

Was ist der Sinn eines Gastgartens? Dass die Lokalbesucher im Freien sitzen können, wenn das Wetter danach ist, oder? So funktioniert es in Asien, in Amerika, in beinahe allen europäischen Ländern. Leider nicht in Österreich, wo sich Gastronomie mitunter noch anders definiert: Selbstlose Berufene (Wirte) geben im steten Existenzkampf unter erdrückender Steuerlast Hungrigen und Durstigen gegen geringes Entgelt zu speisen und zu trinken. Eine zu legere Vergabe von Plätzen im Freien führt unweigerlich in den Ruin. Ob die Bedürftigen draußen sitzen können, hängt also keineswegs vom Wetter ab, sondern:

1.) Vom Kalender. Ist es kalt, aber schon Sommer: Sie dürfen. Ist es warm, aber erst Frühling: leider noch nicht.
2.) Vom Personal. Gibt es keines für draußen, gibt es auch kein Draußen.
3.) Vom Andrang: Wollen zu wenige im Garten sitzen, ist er geschlossen.
4.) Von den Sesseln. Lehnen sie schräg an den Tischen: kein Gartenbetrieb.
5.) Von den Tischen. Nicht abgewischt: kein Betrieb.
6.) Und von genialen Geistesblitzen des Kellners: 30. März, Gaststube bei Baden. G: »Kömma draußen sitzen?« K: »San Sie Raucher?« G: »Nichtraucher.« K: »Leider, draußen is' nur für die Raucher.«

Weinfloskel

Die Österreicher verbrauchen im Jahr 2.500.000 Hektoliter Wein. Die Orte, an denen sich der Verbrauch vollzieht, sind vielschichtig (wie die Konsumenten), sie erstrecken sich vom Überlastungsgerinne der Donau, wo vereinzelt noch dem Doppler gefrönt wird, bis hinauf in die gehobene Tiroler Alpingastronomie, in der man Wein aus Kiefernnadeln zu gewinnen scheint, so sparsam wird mit den Mengen umgegangen, die man den Gästen zu gesunden Preisen zuzumuten wagt.

Nun, in jüngster Zeit werden wir in ebendiesen Kreisen, in denen jede offene Bouteille von einem eigenen Sommelier überwacht wird, gern auf unser persönliches Verhältnis zum je ausgeschenkten Wein angesprochen. Die Modefrage lautet: »Und mit dem Wein kommen Sie zurecht?« Eva K. etwa hatte einen Abend lang ein einziges Achtel »Schankwein« vor sich stehen, und alle halbe Stunde fragte der Kellner: »Und mit dem Wein kommen Sie zurecht?« – »Ja, danke, anfangs war er noch ein bisschen kühl und reserviert, aber jetzt taut er so richtig auf.« – Ach, hätte sie es nur gesagt, statt lediglich erstaunt zu nicken! So bleibt die Frage des Zurechtkommens weiter unbeantwortet. Man wird sie uns wieder und immer wieder stellen.

Weltverdauung

Weil Tage ohne Anlässe zu eintönig sind, um Kaufkraftschübe auszulösen, gilt fast schon jeder Tag als ein besonderer, als »Tag der« oder »Tag des«. Sie sind ein Spätberufener und haben noch keinen Tag zu Ihrem erklärt? – Kein Problem, die »Tage des« können auch mehrfach besetzt werden. Zum Beispiel kann ein von Salzburger Kosmetiksalonbetreibern ausgerufener »Tag des linken Mittelfingernagelbetts« ohne Konkurrenzdruck zeitgleich mit dem vom niederösterreichischen Fischereizuchtverband in Kooperation mit Horner Kehlkopfschnitt-Spezialisten ins Leben gerufenen »Tag der Lachsforellengräte« begangen werden.

Am Anfang müsste der »Tag des Menschen« gestanden haben. Danach hat man klug halbiert: »Tag der Frau«. Dann wurden die Einheiten immer kleiner. Als man mit den Lebewesen durch war, konzentrierte man sich auf deren Nahrung: »Tag des Brots«, »Tag des Apfels«, »Tag der Birne« (…). Offenbar sind wir durch, denn am Donnerstag rief die Firma Danone gemeinsam mit Gastroenterologen den »Weltverdauungstag« aus. Haben auch Sie ihn begangen? Fühlen Sie sich jetzt ebenfalls leichter?

Busenwunder

Auch wenn wir dafür leider kein Honorar zahlen können: Vielen Dank für Beiträge wie jenen der Grazer Familie U., die uns folgendes Ostergespräch anvertraute.

Szene eins. Conny (8) an Mutter: »Was ist ein Busenwunder?« M: »Woher hast du das?« C: »Von Papa.«

Szene zwei. Mutter an Vater: »Hast du vor dem Kind ›Busenwunder‹ gesagt?«

V *(lacht)*: »Ich? Nein. Sicher nicht. Wahrscheinlich nicht. Ich glaube nicht. Eher nicht.« M: »Dann erkläre es ihr gefälligst. Sie will wissen, was das sein soll.«

Szene drei. C: »Papa, was ist ein Busenwunder?« V: »Eine Frau mit großem Busen.« C: »Was ist das für ein Wunder?« V: »Das sagt man so.« C: »Wieso?« V: »Weiß ich nicht, ich hab's nicht erfunden.« C: »Wenn du nicht weißt, wieso es so heißt, wieso sagst du's dann?« V: »Weil ich weiß, was es bedeutet: eine Frau mit großem Busen.«

Szene vier. C: »Papa sagt, ein Busenwunder ist eine Frau mit großem Busen, aber er weiß nicht, was das Wunder ist.« M: »Für viele Männer ist das immer wieder wie ein Wunder, zumindest starren sie es so an.« C: »Wieso?« M: »Am besten, du fragst Papa.«

Schlussszene. Conny: »Papa, du bist ein Bauchwunder!« M: »Das ist kein Bauchwunder, das ist ein Bierwunder.«

Sich-tum Austria (I)

Wir Österreicher haben, was Engländer, Spanier, Italiener und Franzosen so nie zu übersetzen wagten, was selbst Deutschen fernliegt. Wir sind im Sprachbesitz dieses gar phänomenalen Wörtchens, das uns den Wind noch aus den Segeln nimmt, wenn das Boot längst auf Sand gelaufen ist. Wir haben die Qualität des jederzeit möglichen Rückzugs auf den Rückbezug. Wir haben: »sich«. Kombinieren wir es mit »es«, dann schaffen wir uns damit alle Verantwortlichkeiten vom Hals.

Kommen wir zu spät, dann ist *es sich* nicht ausgegangen. Scheuen wir einen Aufwand, dann zahlt *es sich* nicht aus. Wollen wir uns nicht anstrengen, so lässt *es sich* nicht erzwingen. Haben wir keine Ahnung, wie *es sich* entwickelt, dann wird *es sich* schon weisen. Können wir ein Problem nicht lösen, dann löst *es sich* von selbst. Und löst *es sich* nicht, dann hat *es sich* eben nicht ergeben. »Es« gehört unweigerlich »sich«, und sträubt *es sich*, dann gehört *es sich* eben nicht. Wir Österreicher halten uns da gerne raus.

Sollte Ihnen das Thema allzu rückbezüglich (gewesen) sein: Verzeihung, aber *es hat sich* einfach aufgedrängt. Und damit hat *es sich* fürs Erste auch bereits besprochen.

Sich-tum Austria (II)

Es ist sich nicht ausgegangen.« – Österreichischer geht's nicht mehr. Jedes Wort stützt und schützt das Sprachkulturerbe der heimischen Mentalität, die auch Börsencrashs und andere Weltuntergänge schadlos übersteht.

1.) ES. Weder er noch sie, schon gar nicht man selbst. »Es« ist eine übergeordnete Instanz, ein Abgesandter des hiesigen Schicksals.
2.) ES IST. Da klingt bereits die von außen gelenkte höhere Gewalt an. Der Deutsche hätte die Verantwortung übernommen und selbstzerfleischend »Ich habe« gesagt.
3.) ES IST SICH. Wenn sich etwas außerhalb unseres Einflussbereichs auch noch auf sich selbst bezieht, dann ist der Kreis geschlossen – und wir haben damit also wirklich absolut nichts zu tun.
4.) ES IST SICH NICHT. »Nicht« war zu erwarten.
5.) AUSGEGANGEN. Wenn der Deutsche geht, dann läuft er, wenn er läuft, dann rennt er, und wenn er rennt, dann joggt er. Wenn dem Deutschen die Zeit davonläuft, ist er – selber schuld und sehr zerknirscht. Wenn der Österreicher die Zeit ziehen lässt, dann mit reinem Gewissen, gesundem Magen und aus gutem Grund. Dann ist es sich halt nicht ausgegangen.

Glücksmeldestelle

Nach Schweizer Vorbild gibt es nun auch in Österreich eine »Meldestelle für Glücksmomente«. (Da Glücksmomente im ersten Taumel oft zu sehr mit sich selbst beschäftigt sind, müssen sie bei der Meldestelle nicht persönlich erscheinen, können sich also auch von jenen vertreten lassen, die sie erleben.)

Zur Psychologie: Glück ist ansteckend. Wer was Schönes erfährt, dessen Herz beginnt zu lächeln. Wessen Herz lächelt, dessen Glück ist gegenwärtig, und ebendieser labile Moment sollte auf der Stelle eingefangen werden, ehe er sich verflüchtigt. So kommt das Glück wie ein Kettenbrief in Umlauf, jeder nimmt und gibt gleich weiter, solange der Glücksvorrat reicht. Und wo befindet sich nun jene erste Oase des momentanen Glücks? – Wir hatten es befürchtet: im Internet. Nirgendwo lässt sich's gemeinsamer glücklich sein, nirgendwo allerdings auch einsamer.

Wollen Sie Ihr Glück lieber öffentlich austauschen, hier ein Tipp. Da hört man Schwärmereien wie: »Jetzt kommt's glei vire.« »Ma braucht goa ka Jack'n net.« Oder: »So schee woarm!« – Wahrlich, es gibt keine besser positionierte Meldestelle für Glücksmomente als eine Wiener Parkbank in der Frühlingssonne.

Mütter

Aus am Sonntag nur ja nicht verschwitzt zu werdendem Anlass wollen wir Ihnen ein paar Mütter vorstellen. (Vielen Dank an die VS-Lehrerinnen Michaela S. aus Altheim und Lisa R. aus Wien, die die Hausübungshefte an Pisa vorbei zu uns geschummelt haben.)

Thema 1: *So sehe ich meine Mutter.* »Meine Mama ist jünger als die Oma.« – »Ihre Haare gehen ihr bis zur Schulter, die sie meistens mit einem Zopf zusammenbindet.« – »Sie hat den Beruf als Familienhelferin, wo sie dann mit zornigem Blick nach Hause kommt und uns den Saustall dort erklärt.« – »Ihre Hobbys sind im Garten arbeiten, in die Arbeit gehen und beim Bügeln fernsehen.« – »Wenn der Papa zu spät kommt, lasst sie einfach den Schlüssel stecken, dass er nicht reinkann.« – »Am liebsten trinkt sie Schnaps. Cola mag sie nicht, weil Cola ist ungesund.«
Thema 2: *So verbringen wir den Muttertag.* »Wenn der Papa Blumen bringt, sagt sie, das kann er öfters tun. Aber er vergisst immer.« – »Am Muttertag will die Mama nichts arbeiten. Darum kocht sie nur Schnitzel.« – »Von mir wünscht sie sich, dass ich brav bin, aber das kann man nicht kaufen.« – »Von meinem Papa wünscht sie sich, dass er auch einmal das Klo putzt.«

Alles beim Alten.

Die Speichelsaga

1873 hat sich Anna (4) mit Brei maskiert. Mutter Katharina wischte ihr das Gesicht ab, doch es klebten noch letzte Reste in Annas Mundwinkeln. Da befeuchtete Mutter Katharina ihren Zeigefinger mit Speichel – und tat es. Anna weinte.

1889 war Anna selbst Mutter. Sohn Karl (4) rieb seine Wangen mit Banane ein. Anna spuckte in ihre Handinnenfläche und tat es. Karl weinte.

1907 war Karl Vater. Sohn Ludwig (5) fiel mit dem Mund in ein Honigbrot. Karl benetzte seinen Daumen mit Spucke und tat es. Ludwig weinte.

1928 war Ludwig Vater. Tochter Elisa (6) schminkte ihre Lippen mit Schokolade. Ludwig beträufelte sein Taschentuch und tat es. Elisa weinte.

1949 war Elisa Mutter. Tochter Erika (4) strich mit ihrem Kinn über einen Senfsauce-Hügel. Elisa (…) tat es. Erika weinte.

1965: Mutter Erika, Sohn Alex (3), Eiscreme, Spucke, Tränen.

1983: Vater Alex, Tochter Eva (6). Ketchup, Spucke, Tränen.

2009: Mutter Eva, Tochter Nina (5), Schokobananen, Spucke, Tränen.

Nun liegt es also an Nina, diese grausame Saga speichelsäuredurchtränkter schwarzer Mundabwischpädagogik zu beenden.

Haben und Sein

Nach einer Studie befinden jene Gelehrten, die an Europas Unis Deutsch unterrichten: Österreichisch ist eine Mundart. Österreichisches Deutsch ist überaltert und grammatikalisch fehlerhaft. (Deutsches Österreichisch gibt es nicht, wäre ja noch schöner, nä?)

Studienbeispiel, wie falsch der Österreicher spricht: Er sagt: »Ich *bin* am Fenster gestanden« (und hob ausseg'schaut) statt »Ich *habe* am Fenster gestanden« (und mal eben hinausgeguckt). Der Österreicher bevorzugt also oft noch das »Sein« gegenüber dem »Haben« – und das sei plump und antiquiert, sagen uns die Lehrmeister.

Diese Entwicklung hat Erich Fromm schon vor dreißig Jahren vorausgesehen. Er beschrieb »Haben« als das Übel der Zivilisation, während für ihn im »Sein« die einzige Möglichkeit eines erfüllten, nicht entfremdeten Lebens bestand. Für Fromm war aber klar, dass sich das besitzergreifende »Haben« gegenüber dem Lebendigkeit implizierenden »Sein« durchsetzen würde. An das heldenhaft dagegen ankämpfende Österreichisch hat der Frankfurter Philosoph dabei wohl nicht gedacht. Aber wurscht: Hauptsache, wir wissen wieder, wie gut wir sind, wie wenig wir davon auch haben.

Göns und gengans

In einer Wachauer Gaststube brachte es unlängst eine Kellnerin im Service auf gut drei »Göns« pro Kurzauftritt. Wäre sie nicht gar so »Göns«-verliebt gewesen, hätten wir es wohl gar nicht bemerkt, weil »Göns« zur Familie der auf »S« (für »Sie«) endenden Wörter zählt, die auf keine Antwort warten, die auch sonst nichts bedeuten, die aber wahnsinnig gern verwendet werden, weil man den anderen damit zwingt, der gleichen Meinung zu sein. Hier der Versuch, »Göns« und seine Wortverwandten ein bisschen einzudeutschen:

Göns. Gön S'? Gell, Sie? Gelt, Sie? Gilt es, Sie? Nicht wahr, Sie? Ist es nicht so, Sie? Finden Sie nicht auch, dass es so ist?

Gengans. Gehen Sie. Aber gehen Sie nicht wirklich, nur gedanklich.

Gengans kummans. Gehen Sie, kommen Sie. Gehen Sie, aber nicht wirklich, nur gedanklich, und kommen Sie sofort wieder zurück.

Gengans kummans, hörns ma auf! Wie oben beschrieben, nur gleich damit aufhören.

Gengans kummans, hörns ma auf, göns? – Gehen Sie, kommen Sie, hören Sie zeitgleich damit auf und geben Sie durch bestätigendes Kopfnicken zu, dass auch Sie finden, dass es so ist, nicht wahr?

Gurkenweisheit

»Letztens stehe ich bei der Wursttheke einer großen Supermarktkette und bestelle einen Kornspitz mit Schinken und Gurkerl«, schrieb uns Paul E. – Ja! So beginnen die wahren Alltagsgeschichten.

Der Verkäuferin war völlig egal, wie weit die Kundenschlange über sich hinauswachsen wollte. Sie halbierte das Weckerl längsseitig, legte ein Blättchen Schinken darauf, pausierte kurz, organisierte sich ein stattliches Gurkerlscheibchen, brachte es hingebungsvoll in Position, wandte sich wieder dem Schinkenhaufen zu, entführte ihm ein weiteres Blättchen, legte es sanft auf das Gurkerlscheibchen, achtete darauf, dass kein Millimeter Grün aus der Schinkenumhüllung herausragte, pausierte kurz, nahm die zweite Weckerlhälfte und klappte den Kornspitz zu. »Warum machen S' denn das?«, fragte der ergriffene Kunde. »Na, dass sich des Weckerl net mit der nassen Gurken vollsaugt«, erwiderte die Fachfrau.

Paul E.s Bitte an uns: »Könnten Sie diese große Weisheit in die Welt der Wurstsemmelmacher hinaustragen?« – Gerne! Der Verwaschlappung der Jausenbrote muss endlich der Kampf angesagt werden.

Lauter Wahnsinnige

Unlängst musste ich einem Wiener Taxifahrer zu später Stunde ein Interview geben. Es war ungefähr so: Frage: »Heut fahr'n wieder lauter Irre, is des net a Wahnsinn?« Antwort: »Mhm.«

Frage: »Was? Des ham's a abg'sperrt? San die wahnsinnig?« Keine Antwort. Frage: »Na san die wahnsinnig?« Antwort: »Mhm.« Bremsen. Hupen. Frage: »Heast, bist hinig? Ham S' den g'sehen?« Antwort: »Mhm.« Frage: »Lauter Wahnsinnige, i sag's Ihnen. Was machen Sie beruflich, wenn i fragen derf?« Pause. Antwort: »Ich schreibe.« Frage: »Schreiben? Was schreiben S', wenn i fragen derf?«

Lange Pause. Antwort: »Im Standard.« Frage: »Schtandard?« Antwort: »Ja.« Frage: »Des rosa Blattl?« Antwort: »Genau.« »Die Wochenzeitung?« Antwort: »Tageszeitung.« Erwiderung: »Ah.« Pause. Frage: »Was schreiben S' da, wenn i fragen derf?« Lange Pause. Antwort: »Verschiedenes.« Erwiderung: »Ah.« Pause. Bremsen. Hupen. Frage: »Na is der no normal? Ham S' den g'sehen?« Antwort: »Mhm.« Frage: »Wollen S' net amal was über die Wahnsinnigen schreiben, wo die olle den Führerschein her ham?« Antwort: »Mhm.«

Fahrt und Gespräch kosteten 13,50 Euro.

Charme und Rauch

Entweder man darf wo rauchen – oder nicht. Beides gleichzeitig klingt zwar österreicherisch, wird aber kompliziert. Osterurlauber Konrad L. hatte in einem Salzburger Hotelrestaurant einen Tisch für vier bestellt. »Nichtraucher?«, fragte man ihn. »Schwere Raucher«, erwiderte er. »Dann im Raucherstüberl!«, hieß es logisch stringent.

Irrtum: Im Raucherstüberl herrscht an jenem Abend Rauchverbot. »Wir ham's diesmal um'draht, weil wir mehr Raucher ham als Nichtraucher«, erklärt der Kellner. »Fein, dann einen Tisch bei den Rauchern«, bittet Konrad. »Des is a bissel a Problem, weil wir dort schon ausreserviert san«, erwidert der Kellner. Sein Kollege schlägt vor: »Sie können im Jagdstüberl Platz nehmen, dort können S' rauchen.« Das tun sie. Drei Zigarettenzüge später erscheint der Kollege vom Kollegen: »Kann i Ihnen vier Herrschaften dazusetz'n?« Sicher! – Sie sind Nichtraucher, und sie haben Nichtraucherplätze reserviert.

Es kommt, wer kommen muss: der Chef. Er sagt zu Konrad: »Ich bitt' Sie, heut nur am WC-Gang zu rauchen. In Italien dürfen S' überhaupt net rauchen!«

Das muss jener Gastgebercharme sein, den die Österreich-Werbung zum Weltkulturerbe erklären will.

Beauskunftung

Beatrix R. erfuhr aus einem Konsumentenmagazin, dass es »wegen zahlreicher Anfragen« zu falschen »Beauskunftungen« gekommen sei. Und klar, da fragt man sich natürlich, was der Unterschied zwischen Auskunft und Beauskunftung sein könnte.

Nun, vom Wesen her sind die beiden verwandt: Braucht man dringend eine, kriegt man meistens keine. Der Unterschied: Eine Auskunft könnte jeder geben, der nicht unbedingt muss, der meistens nicht will und es deshalb auch fast nie tut. Die Beauskunftung aber obliegt dem für den Akt der Erteilung der Auskunft Zuständigen und ist an fixe Zeiten gebunden, die bequem über ihr Gegenteil bekannt gegeben werden können: »Derzeit leider keine Beauskunftung.«

Ein aktuelles Beispiel gefällig? Sebastian L. rief beim Espressomaschinenvertreiber an, um sich nach einem neuen Modell zu erkundigen. Auskunftgeberin: »Da ist der Kollege der Spezialist. Am besten, Sie schauen bei uns im Büro vorbei.« Am nächsten Tag stand Sebastian unmittelbar vor dem Kollegen, als dieser sagte: »Ja, da sind Sie richtig. Am besten, Sie rufen mich nächste Woche an. Infomaterial schickt Ihnen die Kollegin.« – Das muss eine Beauskunftung gewesen sein.

Besäufniskultur

Schön, wenn sich Veranstalter in den Dienst der Kultur auf dem Lande stellen. Hier ein Beispiel, wozu die Jugend in ihrer Freizeit österreichweit angehalten wird, ehe sie im Morgengrauen umfallen darf: das unter »Kulturveranstaltung« laufende jährliche Fuzo-Fest in Frankenburg am Hausruck.

»Fuzo« heißt zwar Fußgängerzone, verhindert aber nicht, dass das Fest in der konsumentenfreundlicheren Mehrzweckhalle (dem »Kulturzentrum«) stattfindet. Jeder Kulturgast erhält eine Stempelkarte und wird damit auf den »Barcours« geschickt. (Lustiges Wortspiel im Sinne von Bar-Kur.)

Begonnen wird am Karibik-Stand, wo ein großer Sangriakübel wartet, den man mit Strohhalmen bedienen darf. Die zweite Station (einfach rüberlehnen) lädt zum »Flying Hirsch« und »Bull Whiskey« ein. Daneben lockt schon der »Biermeter« zum Löschen, dann hinüberkippen zur Weinölung. Und zum Abschluss: »Rein in den urigen Schnapsstadel.« Dort gibt's den »Bauerndekiller«. Wer den »Barcours« erfolgreich bewältigt hat, erhält ein Gratisgetränk, einen »B52« (Baileys und Kahlua).

Hier endet zwar unser Kulturausflug. Aber wenn sie nicht bewusstlos sind, dann saufen sie noch heute.

Sport und Sabber

Und hier noch ein kleiner Olympia-Rückblick aus österreichischer Sicht: Da erspäht ein Kommentator vier Beachvolleyballerinnen im ägäischen Sand. Und schon zergeht ihm auf der Zunge: »Die kessen Mädels im knappen Bikini (...).« Seine Kollegen erwischt es indes beim Schwimmen: »Die ansprechend körperbetonten Schwimmanzüge der jungen Mädchen (...).« Wieder einer sieht vor lauter Bällen den Damenfußball kaum und schiebt es seinen Opfern in die Schuhe: »Na ja, die Ballbeherrschung ist bei den Frauen noch ein gewisses Problem.«

Ein Sportsmann muss Synchron-Turmspringerinnen bei der Arbeit beobachten, Frauen, die sich aufeinander konzentrieren und dabei anscheinend ohne ihn auskommen. Da reift in ihm ein wahrhaft fürchterlicher Gedanke: »Man stelle sich vor, es würde jetzt auch das Männer-Synchronspringen eingeführt werden. Welche Männer würden da wohl starten?« Während sich der Vielseitigkeitsreitspezialist offen zügellos gibt: »Hoppala, da hat die gnädige Dame aber noch etwas Nachholbedarf im Reiten, wenn's einmal wilder hergeht.« Wäre Sexismus eine olympische Disziplin: Unsere kleine Sabberfraktion vom ORF-Sport hätte ordentlich abgeräumt.

Pause vom Denken

1.) Zunächst ein paar aktuelle politische Begriffe:
Handlungsbedarf – ist der schmale Grat zwischen der Ankündigung, etwas zu tun, und der Tatsache, dass es längst getan sein sollte, weil die Folgen des Nichtgetanseins bereits das Nichttun überlagern. Oft knüpft sich daran panisch-politisch die Frage: »Was tun wir jetzt?«
Auszeit – ist eine sehr beliebte Antwort auf die oben gestellte Frage. Man hat plötzlich wieder alle Zeit der Welt, ungestraft handlungsbedürftig zu sein.
Nachdenkpause – könnte der Versuch sein, doch noch neue Ansätze für jene Handlung zu finden, die dem Bedarf gerecht wird. Leider wird »Nachdenkpause« oft als »Pause vom Nachdenken« fehlinterpretiert.
Reflexionsperiode – ist eine Alternative zur Auszeit und entspricht einem Dutzend heimischer Nachdenkpausen.

2.) Daraus ergibt sich die neue, zeitgemäße Formel: $P = H-(A+N+R)$. In Worten: Politik ist die Differenz zwischen Handlungsbedarf und der Summe aus Auszeit, Nachdenkpause und Reflexionsperiode. Sieht ganz so aus, als könne diese Differenz im Hochsommer null erreichen.

Der Slang stirbt aus

Zum Schulschluss hinterlässt uns Hauptschullehrer Peter R. die dramatische Prognose: »Der Wiener Slang stirbt aus.« – Kinder, egal ob sie schreiben können oder nicht, sprechen fast nur noch nach der Schrift. Der »Spruch« als solcher, der in den 70ern und 80ern notwendig war, um sich in Arbeiterhochburgen zu verständigen, um SP-Stadträte zu verstehen und um in Favoriten als Bub zu überleben, dieser einst abgrundtief »tiafe« Spruch ist im Seichten gelandet.

Seine phonetischen Stützpfeiler waren ein schrilles »Heast« zum Auftakt jedes Satzes und das um die Zunge gewundene, vom Gaumen gebeutelte und schonungslos gegen die seitliche Mundhöhle geworfene Wiener »L«, welches eigentlich längst Weltkulturerbe sein sollte. Es tauchte sogar in an sich L-losen Wortkombinationen auf. (»Du bist ein bisschen dumm!« lautete im Wiener Slang: »Heast, du bidll bidll deeeepat!)

Nie hätten wir gedacht, dass sich das Geseiere der lautverzehrenden Sauberbezirk-Schnösel jemals gegenüber der echten Sackbauer Mundart durchsetzen würde. Aber seit Slang-Krösusse wie Prohaska, Krankl, Häupl und Gitti Ederer öffentlich Deutsch probieren, verlernen es auch die Jungen – das echte Wienerisch.

Glanz der Finanz

Nach einigen Telefonaten rühmt Christine S. die lebensqualitativ hochwertige Arbeit beim Finanzamt (einer Landeshauptstadt). Bei der Vermittlung darf man eine Anruferin, die sich mit Namen meldet, auch beim siebenten Mal innerhalb einer Dreiviertelstunde nicht wiedererkennen. Durchwahlnummern obliegen offenbar der hausinternen Schweigepflicht. Die Dame, die Christine S. um Rückruf gebeten hatte, war um elf Uhr »schon auf Mittag« und um 14 Uhr von dort noch nicht zurück, was eine der vielen Unzuständigkeitskolleginnen zur Spekulation veranlasst: »I waß net, ob S' da heut no wen dawisch'n.«

Erfreulich: Die richtige Frau kam noch am selben Tag wieder, war sofort gesprächsbereit – und brauchte einen neu ausgefüllten Antrag auf Gewährung der Familienbeihilfe. Das Formular gebe es im Internet, die Bearbeitung im Amt dauerte mindestens vier Wochen. Bis dahin: kein Geld. »Und wenn ich den Antrag persönlich vorbeibringe?«, fragte Christine S. – »Zu mir werden S' net durchkommen«, prophezeite die Beamtin: »I hab keinen Parteienverkehr, außerdem bin i die Woche net oft da.«

Christine S. fragt nun an, ob beim Finanzamt vielleicht noch ein Platz für sie frei wäre.

Monopoly

Lange Zeit hatten wir Monopoly falsch gespielt. Da konnte man nur Straßen kaufen. Häuser und Hotels ignorierten wir, das war uns zu kompliziert. Jeder besaß bald irgendetwas. Die einen hatten mehr Bargeld, die anderen größere Wertanlagen. Nach ein, zwei Stunden brachen wir das Spiel ab – ohne zu wissen, wer eigentlich gewonnen hatte. Aber spannend war es.

Als wir größer waren, spielten wir mit richtigen Regeln. Wer (nach geschicktem Handeln) alle Straßen einer Stadt besaß, konnte Häuser und danach Hotels errichten und wahnwitzige Mieten verlangen. Dreimal in die großen Hotels hineinzufallen bedeutete den Bankrott. War man zahlungsunfähig, opferte man seinen letzten Besitz. Nach einer halben Stunde hatte einer alles – und alle anderen nichts mehr. Die Verlierer waren frustriert. Der Sieger ärgerte sich, weil er so rasch gewonnen hatte, ohne seinen Reichtum ausgekostet zu haben. Sein Geld konnte er sich nämlich in die Haare schmieren, weil es nichts mehr zu kaufen gab. Nachher verstanden wir nicht, warum wir dieses doofe Spiel spielten, bei dem es nur um Geld ging, wie an der Börse. Am Ende war alles wertlos, und jeder hasste jeden.

Spaßessen

Je höher die Kategorie ist, in der wir speisen, desto größer wird unser Leistungsdruck beim Essen.

Während Vertreter der in chronischer Abwehrhaltung befindlichen »Würschtln-und-an-Toast-kann-i-Ihnen-machen«-Subkulinarik es zumeist dabei belassen, den Teller wortlos hinzustellen, manchmal lauter, manchmal leiser, wie's der Kellner gerade erwischt; während Gesandte der mittelständischen, dem Schweinernen verpflichteten traditionellen österreichischen Küche für den gewöhnten Gaumen beim Auftragen der Speisen mit den Worten »Mahlzeit«, »Guten Appetit« oder »Vuasicht, haaß!« vorstellig werden; während uns in haubenfernen Küchen also höchstens Hunger, gutes Gelingen beim Einschneiden und ein gesunder Magen gewünscht wird, schlüpfen Unterkellner, Kellner, Oberkellner und oft auch noch die Chefs in so genannten erlebnisgastronomischen Häusern angesichts der aufgetragenen designten Teller plötzlich in die Rolle von Lustbarkeitsgöttern und melden verzückt, glückselig lächelnd, mit seltsam verklärten, mitunter glucksenden Stimmen: »Haben Sie sehr viel Freude damit!«

Als würde schmecken allein nicht genügen.

Knackwurst-Carpaccio

Die Wirtschaft, von der wir leben, lebt auch von uns. Es ist sogar so, dass sie besser von uns leben muss als wir von ihr, dann ist sie gesund. Und nur in einer gesunden Wirtschaft leben wir wirklich gut, sagt man uns. Das ist der Schmäh. – Einmal werden wir ihn durchschauen. Vorerst bleiben wir aber beim Carpaccio.

»Carpaccio« heißt erstens, dass etwas nie zu dünn sein kann, um nicht Essen genannt zu werden. Und es bedeutet zweitens, dass weniger nicht mehr (als mehr) sein muss, um dreimal so teuer zu sein. Okay, dass man den Köchen Erschwerniszulagen zubilligt, wenn sie halb gefrorene Filets löschblattmäßig aufbereiten, ist verständlich. (Fünf Löschblättchen: kaum unter hundert Schilling, seit es den Euro gibt.) Aber »Carpaccio« funktioniert auch mit Zucchini und Feldkürbis. Es ist die Kultspeise von Vegetariern, die absolut keinen Hunger haben, aber in einem Restaurant sitzen. – Selbst von ihnen lebt die Wirtschaft.

Noch besser lebt sie von juweligen Namen. Unlängst nannte ein Koch seine Lieblingsspeise »Knackwurst-Carpaccio«. Klingt nach sieben Euro aufwärts. Früher aß man das Gleiche für dreißig Schilling unter dem Namen »Extrawurst in Essig und Öl«. – Da war aber die Wirtschaft noch krank.

Tirol für Hartnäckige

Die schönsten Plätze der Heimat sind für Gäste oft gar nicht leicht erreichbar. Dazu zwei Erlebnisse:

Christa S. begann im Juni, ein Zimmer für August in Tirol zu reservieren. Bilanz aus dem Pitztal: acht E-Mails, eine Antwort. Die lautete: »Ihre Anfrage wird weitergeleitet.« Telefonisch nach Rattenberg: vier Nummern, kein Freizeichen. Letzter Versuch: Radfeld. »Zimmer frei?« – »Ja freilich!« – »Fein, ich reserviere!« – »I brauch's aber schriftlich. Tun S' mir's bitte faxen oder eine Postkarte schicken, gell?« – »Ich schreib Ihnen eine E-Mail.« – »Na, leider, des kömma net! Vielleicht wenn der Bub heimkommt (…).«

Jim W. aus den USA hatte mehr Erfolg. Er besuchte Tirol, um seine singende Tochter Annalisa bei den Erler Festspielen zu bewundern, und buchte sich per Internet im idyllisch anmutenden »P.hof« im Kaisertal ein. Die strapaziöse Weltreise versandete auf dem Parkplatz zum Kaiseraufstieg. Dort sprach der Taxler: »Den Rest müssen S' zu Fuß gehen, da gibt's ka Straß'n.« Wegzeit: eine Stunde – für Geübte. Bei US-Senioren im Anzug mit Koffer dauert es länger. Oben interessierte den Gast, warum man ihm bei der Buchung nicht mitgeteilt habe, dass es keine Zufahrt gebe. »Das weiß ja sowieso jeder«, erwiderte der Chef.

Papst Gastein

Eine Spezialität Österreichs ist die Verösterreicherung einer außerösterreichischen Angelegenheit, wenn diese Stolz abwirft. Bei einer Fußball-WM, an der das heimische Team nicht teilnimmt (obwohl die Chance bis zuletzt gelebt hat), genügt uns ein einziger, unter heftigen Austro-Adrenalinstößen ins Geschehen eingreifender burgenländischer Linienrichter, um die WM doch noch zu gewinnen.

Dank Schwarzenegger regiert Graz die Vereinigten Staaten. Dank Jelinek kontrolliert Mürzzuschlag die Weltliteratur. Internationale Persönlichkeiten werden umgehend nach österreichischen Wurzeln abgeklopft. So richtig geht uns das Herz auf, wenn wir erfahren, wo wahre Staatsmänner urlauben: in Österreich. Kohl war zweitens deutscher Bundeskanzler, erstens St. Gilgener Badehosenträger. Putin – an sich ein Russe, aber auf Skiern am Arlberg hat er das sofort wiedergutgemacht.

Seit einigen Tagen jubeln alle dafür zuständigen Blätter über ein neues Salzburger Urlaubs-Oberhaupt. Da kann die Bild-Zeitung tausendmal »WIR SIND PAPST« titeln. Ratzinger ist und bleibt ein alter Hofgasteiner (Wanderer). Schade, dass er sich für Benedikt XVI. entschieden hat. Ein »Papst Gastein I.« hätte der Region sakrisch gutgetan.

Tee in der Wüste

Der Österreicher erfährt gerne, was er machen muss, wenn etwas Unvorhergesehenes geschieht. Aktuelles Beispiel: Es ist heiß. Was nun? Medien nützen diese natürliche Neugierde aus, und so erscheint jährlich zur gleichen Zeit in ungefähr allen Zeitungen die Geschichte vom Schweiß, woher er kommt, wohin er rinnt, wie man ihn verhindert (am besten gar nicht, weil er gesund ist) und was man sonst dagegen tun kann. Experten empfehlen fast durchwegs: duschen. Was die Hitze betrifft: Salat, Schafkäse und Artischocken essen. (Bis man Artischocken erstanden und das Essbare herausgekitzelt hat, durchlebt man allerdings zehn Schweißausbrüche.) Was bei keinem Schweißreport fehlen darf und worunter Generationen von Kindern qualvoll leiden: nur ja keine kalten Limonaden, sondern warmen Kräutertee trinken. Dazu stets der Hinweis: »Das haben die Wüstenbewohner schon vor Jahrhunderten gewusst.«

Liebe Schweißexperten, überlegt einmal: Warum haben die Menschen vor dreihundert Jahren bei vierzig Grad in der Wüste wohl keinen kalten Tee getrunken? Richtig: Sie hatten keinen Kühlschrank dabei. Der wurde erst 1876 erfunden. Und in der Wüste steht er auch erst seit der Almdudler-Werbung.

Fußtritt in Apulien

Einmal im Sommer frönen wir hier der ferialen Computerpoesie. Unser diesjähriger Sieger kommt aus Apulien, »wo die Natur ist nicht nur Farbe und Geschmack«, nein, dort lässt sich auch schön »die schwere Arbeit von die Bauer bewundern«. Weitere Reize: »Ein kristalleres Wasser« (kristaller geht es gar nicht) und »Strande mit feiner Sand, die von die Sonne gekusst sind und von eine flatterhafte Brize erfrischt«.

Spannend wird es aber erst in der »Residence Camping Atlantide« selbst. »Eine spezialisierte Belebung wird eure Ordnung 24 Stunde pro Tag sein«, verspricht der Veranstalter. Und er zählt auf: »Gymnastik, Cabaret, Kinderspielen, Schwimmsport, leichter Fusstritt, Volleyball, Tennis und andere.« Wem der leichte Fußtritt nicht genügt, der sollte unbedingt in der Disco in Capitolo vorbeischauen, »mit mehr als 2000 Anwesenheit jeder Samstag« und »Ziel von zu viel Jungen, die von dem ganzen Suditalien kommen«.

Weltweit einzigartige apulische Serviceleistung: »Eine Vorausunterbrechung des Urlaub gibt das Recht keine Erstattung zurück zu haben.« – Sie können den Urlaub also beenden, bevor Sie ihn angetreten haben. Leider kriegen Sie das Geld nicht mehr zurück.

Der Däumling

Obwohl seine Eltern gut beleumundet sind, ist der achtjährige Niki I. bereits tief ins Kriminal abgeglitten. Und das ging so:

Auf dem Schulweg schubste er einen Freund. Der schubste zurück. Daheim schmerzte Nikis Daumen. Mama ging mit ihm ins Spital. Datenerhebung. Ursache des Daumenwehwehs? »Die Buben haben␣gerauft«, gab die Mutter an. Aha.

Der Erhebungsbogen erging an die Polizeidienststelle – und tankte kriminelle Energie. Zwei Monate später rief die Polizei an: Vorladung ins Kommissariat, »zwecks Einvernahme in Angelegenheiten Körperverletzung«. Die Parteien versuchten den Irrtum aufzuklären: Daumen gesund, Kinder befreundet, Termin unnötig. Aha. »Sollen wir Sie vorführen lassen?«, drohte die Polizistin. Im Kommissariat wurden Eltern und Kinder verhört. Niki wurde schriftlich belehrt, »(...) dass ein umfangreiches Geständnis bei Gericht als Milderungsgrund« gewertet werden kann.

Der Akt erreicht nun die Polizeijuristen. Schalten sie die Staatsanwaltschaft ein? Wird Anklage erhoben? Papa bittet schon jetzt alle Bekannten, ihn und Niki im Gefängnis zu besuchen. Nikis Freunde drücken ihm die Daumen. – Hoffentlich jeder nur seinen eigenen.

Davids letztes Eis

Seit Juni ist David unsterblich, denn seit Juni ist er in Kathi verliebt. Seit Juni hatte er sie nicht mehr gesehen. Seit Juni besitzt er ihre Telefonnummer. Seit Juni ruft er nicht an. (Angst vor dem Ende der Unsterblichkeit.)

Und dann das Drama auf dem Schwedenplatz. Es war eine dieser vom Zufall organisierten Zusammenkünfte auf offener Straße, die einem in wenigen Minuten die Jahresausschüttung von Adrenalin verdoppeln. Er sieht sie, wird rot, dreht sich weg. Sie erkennt ihn, geht auf ihn zu, sagt: »Hallo David!« Und wie sie ihn dabei ansieht! Er erwidert: »Hi«, zumindest denkt er sich's, hörbar ist nur ein Glucksen. Sie: »Was treibst du so?« Er hebt lässig die Schultern. Sie senkt den Blick zu seiner Seite. Jetzt spürt er das Kribbeln in den Fingern. Da tropft etwas, Schoko oder Vanille. Kathi treffen und eine Eistüte in der Hand halten – brutaler hätte das Schicksal nicht kombinieren können. Was nun? Eis ignorieren? Verschwinden lassen? Verstecken? Oder gar – schlecken? Vor Kathis Augen? Niemals, lieber vor Liebeskummer sterben. Er: »Ich muss dann.« Sie: »Klar, tschüss.«

David schwört: Das war das letzte Eis seines Lebens. Und morgen ruft er Kathi an. Oder übermorgen.

Indes und Chaos

Redaktionsintern (auch ein hässliches Wort) wurden bei uns jüngst die Ausdrücke »indes« und »Chaos« auf die schwarze Liste gesetzt. Viel zu oft werden sie verwendet, viel zu selten werden sie gebraucht. Da sie keine Chance auf Kultstatus besitzen, sollen wir freiwillig auf sie verzichten.

Das fällt schwer, denn »indes« reizt ungeheuerlich. Mit seinen mageren fünf Buchstaben kittet es die kühnsten Gedankensprünge, denn die journalistische Wahrheit dahinter lautet: So, und jetzt erzähle ich Ihnen etwas völlig anderes, welches absolut nichts mit dem soeben Geschilderten zu tun hat, spare mir mühsame Übergänge, berufe mich lediglich auf eine mögliche Zeitgleichheit der einander fremden Geschehnisse als einzig verbindendes Element – z.B.: »Kanzler Schüssel schweigt. Indes geht die Sonne auf.« (In dem Fall auch unter.)

»Chaos« dagegen ist glanzvoller journalistischer Bankrott auf hohem Niveau. Statt Chaos zu beleuchten, nennt man es einfach beim Namen, gibt dem Ereignis die Schuld, dass man es selbst nicht durchschaut hat und nicht zu beschreiben vermag. Die letzte Schlagzeile der Menschheit müsste lauten: »Chaos weltweit.« (Österreichs Unterzeile: »Indes schweigt Kanzler Schüssel.«)

Wien am Schmäh

Natürlich, die Menschen sind weltweit gleich lustig, Humor kann ja zum Glück verschiedenartig ausgelegt werden. Aber wenn man irgendwo in Deutschland auf die Frage, woher man kommt, »aus Wien« gesteht, geschieht immer wieder Erstaunliches: Viele deutsche Gesprächspartner (Ausnahme Berlin) beginnen automatisch und in auffallend diabolischer Art zu schmunzeln. Manch einer lässt sich die Antwort noch einmal auf der Zunge zergehen. »Aus Wien!«, sagt er in einem Anflug plötzlicher Unbeschwertheit, ähnlich, als würde ein Österreicher: »Endlich Urlaub!« ausrufen.

Das Bekenntnis, ein Wiener zu sein, kommt für viele deutsche Ohren wie die Eröffnung eines Reigens unseriöser (also besonders witziger) Gags daher. Man kann sich als Wiener danach die fadesten Ausführungen leisten, lange schwingt aphrodisierend »aus Wien« mit, der berühmte Schmäh, diese Melange aus Hetz und Theater, die man dem Wiener ja auch sofort ansieht (wenn man einmal weiß, dass er einer ist).

Wenn man als Wiener zum Abschied dann noch »Servas« oder »Baba« sagt, dann war die Show perfekt, dann hat man in Deutschland den Durchbruch als Komödiant geschafft.

Sexual Wellbeing

Wenn auch Sie den ersten Teil des »Sexual Wellbeing Global Survey« versäumt haben, dann besteht jetzt eine Einstiegschance: Teil zwei. 26.000 Menschen aus 26 Ländern sind zu ihren Sex-Bedürfnissen befragt worden. Da ein Kondomhersteller gefragt hat, wusste man schon vorher, was dabei *nicht* herauskommen durfte: Schwangerschaften.

Zusammengefasst wünscht sich die Menschheit, gar nicht extrem überraschend: mehr Sex. (Wenigstens so viel, wie sie behauptet zu haben.) Ferner: mehr Vertrauen, mehr darüber reden, mehr Stellungen ausprobieren. In der Länderwertung führen oder protzen klischeegemäß die Griechen. Die Österreicher zeichnen sich durch besonders langes Vorspiel aus, wie im Fußball. Bei den im Inland ausgeübten »5,6 unterschiedlichen Sexpraktiken« hätte uns vor allem die 0,6- oder Sechs-Zehntel-Praxis interessiert.

Die erstaunlichste Aussage der gesamten Studie: »Auf jedem dritten Nachttisch der Welt liegt ein Gleitgel.« – Seltsam, ich habe bestimmt schon hundert Nachttische gesehen. Da lag alles Mögliche drauf, aber, ehrlich, niemals ein Gleitgel. Vielleicht sieht man es nur, wenn man es unbedingt sehen will.

Sonja macht Schluss

Jenem Fahrgast der Linie U3, die am vergangenen Dienstag um 9.32 Uhr in die Station Herrengasse einfuhr, jenem etwa 30-jährigen, schlanken, lichthaarigen Fahrgast in dunkelgrauem Mantel, für den zunächst lautstark klar war, »Du musst dich jetzt entscheiden!«, der tief Luft holte und dann »Sonja, Sonja, Sonja, bitte!« in sein Handy flehte, der das Haupt senkte, schwer atmete und wusste, »Sonja – einer von uns beiden!«, jenem Fahrgast, der nach einer kurzen Pause den Druck erhöhte, »Dann sag es! Wenn du es weißt, dann sag es! Sag es jetzt!«, dessen Stimme plötzlich brüchig war, als er »Gut, wie du glaubst« raunte, der ein Taschentuch hervorkramte und die Wange abtupfte, ehe er zum besseren Verständnis die Frage »Sonja, heißt das, dass es aus ist?« anschloss, jenem Fahrgast, dem die Frage wichtig genug erschien, um sie noch einmal laut werden zu lassen, »Sonja, ich frag dich zum letzten Mal: Heißt das, dass es aus ist?«, der verdeutlichte, »Wenn du jetzt Ja sagst, dann ist es wirklich aus!«, der kurz wartete und fast stimmlos »Ich hab verstanden« anfügte, diesem Fahrgast sei im Namen aller zutiefst ergriffenen Waggoninsassen ausgerichtet: Kopf hoch, Sonja hat Sie gar nicht verdient!

Die Ei-Probe

Ein unlängst hier geäußerter Verdacht: Weil die Jungen mit der Seifenopernsprache des Fernsehens im Ohr aufgewachsen sind, stirbt das Kulturerbe des für seine breite Wortgewalt gefürchteten Wiener Dialekts bald aus. Wie kann man den Wiener vom Restösterreicher akustisch heute überhaupt noch unterscheiden? (Der Steirer-Test ist vergleichsweise leicht. Die Testperson muss nur das Wort »Leoben« aussprechen. Hören wir alle Selbstlaute hintereinander, also La-e-i-o-u-ben, so darf sich der Kandidat als echter Mundart-Steirer bezeichnen. Schwindelt sich noch ein »a« hinein – La-e-i-a-o-u-ben –, entstammt die Testperson dem Burgenland.)

Robert M. kann uns aber auch einen tauglichen Wien-Test anbieten: die Ei-Probe. Auf dem Lande, von wo das Ei herrührt, ist ein Ei »oa Oa«. Zwei Eier kämen auf »zwoa Oa«, drei auf »droa Oa« und so weiter. Wir erkennen: Das Landei (oder Gscherd-Ei) bleibt auch im Plural in der Einzahl. Ganz anders die Wiener Eier. »A Eiaspeis« besteht aus »drei Eia«, »zwa Eia« oder »an Eia«, ganz egal.

Das Wiener Ei gibt es selbst im Singular nur in der Mehrzahl. Weil der Wiener ja oft auch von sich selber glaubt, dass er mehr ist als nur einer.

Die Darabos-Brille

Ich schwöre, ich habe sie vor ihm gehabt, schon Monate vorher. Und es handelt sich, aus der Nähe betrachtet, um ein komplett anderes Modell, ehrlich! Stundenlang hatte ich probiert, drei Verkäuferinnen zurate gezogen. Ja, ich hatte daraus eine Wissenschaft gemacht: nicht zu sportlich, nicht zu elegant, nicht zu, nicht zu, nicht zu.

Und er? Wahrscheinlich hatten ihn Spindoktoren angewiesen: »Norbertl, du brauchst a Brille für die Glaubwürdigkeit am Viktor-Adler-Markt, wo'st oba a a bissl g'scheit ausschaust, oba scho a lässig, waaßt?« Und deshalb trägt er genau die, die er trägt. Sein Gesicht kennt jeder. Das ist leider nicht nur sein, sondern auch mein Problem. Freunde, die mich länger nicht gesehen haben, begrüßen mich schmunzelnd mit: »Ah, Herr Darabos!« Oder: »Machst jetzt auf Verteidigungsminister?« Und lustvoll schielen sie auf den freien Spalt zwischen den Doppelbügeln, als hätte ich dort Eurofighter gepierct.

Nun, ich bin nahe daran, die Fassung zu verlieren, um mir eine neue, unverwechselbare zuzulegen. Doch da schwingt noch ein bisschen die Angst vor dem Gesetz der Serie mit. Ich warte besser erst einmal die nächsten Brillen von Platter und Gusenbauer ab.

Untiefes Österreich

Katja Alves, eine gebürtige Portugiesin, die in Zürich lebt, hat einen witzigen Benimm-Reiseführer für Touristen in europäischen Ländern verfasst. (Titel: »Darf man das?«, Verlag Sanssouci.) Witzig vor allem, wie sie die Österreicher charakterisiert.

»Sehr direkt ist man in Österreich nicht«, hat sie richtig erkannt: »In manchen Kreisen pflegt man aber einen Umgang miteinander, der fälschlicherweise als direkt empfunden wird. Zum Beispiel, wenn mit Ausdrücken wie ›Bist deppert?‹ oder ›Herst, Depperter‹ um sich geworfen wird.« »Bist deppert« sei aber nicht so gemeint, tröstet sie, sondern heiße: »Das ist doch nicht dein Ernst.« Worüber man nicht spricht: »Schneiden Sie besser keine historischen Themen an. Es sei denn, sie liegen mehr als hundert Jahre zurück.« (Türkenbelagerung ginge also.) Was von schlechtem Geschmack zeugt: »Zu offiziellen Anlässen Tirolerhüte zu tragen.« Was von gutem Geschmack zeugt: »Mit der katholischen Wochenzeitung ›Die Furche‹ unter dem Arm durch die Straßen zu flanieren.« Generell gilt: »Bohren Sie bei keinem Thema zu tief. Das mag man nicht. Lieber einen kleinen Scherz machen und das Thema wechseln.« – Die Autorin hat ein Österreich-Bild, bist du deppert!

Angedacht

Wo Menschen in projektplanender Tätigkeit um einen Tisch sitzen, hört man oft und immer öfter die Formulierung: »Ist bereits angedacht.« Worauf das soeben aufgeworfene, zumeist heikle Thema unter freudigem Kopfnicken aller Beteiligten von der Tagesordnung verschwindet.

Mit Verlaub: »Angedacht« ist die von der durchgeführten Handlung am weitesten entfernte Stufe der Beschäftigung mit einer Materie. Wenn man zugibt, dass man (noch) nichts getan hat, dann sagt man: »Ich habe darüber nachgedacht.« Wenn man eingesteht, dass man (noch) nicht einmal darüber nachgedacht hat, sagt man: »Ich habe daran gedacht.« Wenn man kein Hehl daraus macht, dass man nicht im Traum daran gedacht hat, daran zu denken, geschweige denn darüber nachzudenken, dann sagt man: »Ich habe es angedacht.« Edler, distanzierter noch: »Ist bereits angedacht.« Das heißt: Keiner muss sich mehr damit abquälen, ebenfalls nicht darüber nachzudenken. Die Sache ist angedacht, kognitiv gesperrt, vor geistigen Zugriffen geschützt und hat sich damit so gut wie von selbst erledigt.

Monate später wundert man sich, dass das Projekt an seinen Angedachtheiten gescheitert ist.

Irgendwo

Unlängst hat eine gute Bekannte über eine entfernte Bekannte, die ihr der Zufall eines Abends an denselben Tisch gesetzt hatte, folgendes Urteil abgegeben: »Sie ist eigentlich eine recht nette Person, irgendwo.« Das ist so ungefähr die vernichtendste Höflichkeit, die einem Mitmenschen zuteilwerden kann. Denn »eigentlich« (nett) bedeutet, dass keiner damit rechnen durfte. »Nett« ist die äußerst beliebte Sprachform des als Kompliment getarnten drastischen Desinteresses. »Recht« (nett) nimmt einen Großteil des Schein-Kompliments wieder zurück. »Person« ist der Inbegriff der Unpersönlichkeit und wird erst verwendet, wenn es egal zu sein scheint, ob es sich bei der Person um einen Mann oder eine Frau handelt.

Als wäre mit dem Passus »eigentlich eine recht nette Person« nicht schon alles verraten, folgt dann auch noch: »irgendwo«. Es bedeutet: Die Person könnte unter Umständen etwas besitzen, das als »eigentlich recht nett« zu bezeichnen wäre. Allerdings ist es noch nicht gelungen, den Ort ausfindig zu machen. Möglicherweise befindet er sich außerhalb dieser Person, eher nur in den Augen des wohlgesinnten Betrachters, irgendwo.

Frau am Steuer

Michaela F. ist am Sonntag nach einer Urlaubswoche auf Rhodos daheim angekommen, und zwar noch früher als befürchtet, bereits kurz nach dem Start der Chartermaschine. Eine freundliche weibliche Stimme hieß die Gäste an Bord willkommen und behauptete gelassen, als wäre dies austro-pauschaltouristisch die selbstverständlichste Sache der Welt, SIE sei der Kapitän. Da ging ein Raunen durch den Passagierraum, unheilschwangeres Gelächter setzte ein und man benannte offen den Affront: »A Frau!« Im Nu verstummte das Knistern der *Kronen Zeitungen*. In den Bäuchen gerade noch entspannter Rentner rotierten die letzten Souvlaki-Würfel um die noch unverdauten Moussaka-Ziegel. Es gab nur noch ein Thema: Wird sie es schaffen? Manch einer tröstete seine Angehörigen: »Da sitzen bestimmt Piloten daneben, die ihr auf die Finger schauen.« Aber jedes Luftloch konnte ein »Schaltfehler« gewesen sein. Und für die Turbulenzen im Landeanflug gab es nur eine Erklärung: »Frau am Steuer, da hamma's wieder.« Doch letztlich setzte sich doch urösterreichischer Fatalismus durch: »Na wenigstens muaß net rückwärts einparken, net wahr, hähä.« Und die Frauen lachten auch noch mit.

Coole Sonnenbrille

Eine der schwierigsten Aufgaben, vor die ein Konsument gestellt sein kann, ist die Auswahl einer optischen Sonnenbrille. Der Kunde muss sich quasi in einem Tunnel entscheiden, womit vor Augen er gleichzeitig gut aussieht und gut sehen würde, würde er scharf sehen (was beim Probieren nie der Fall ist). Kein Wunder, dass der Sonnenbrillenverkauf in der Hand von Spitzenpsychologen ist. Unlängst erwischte mich eine sicher mehrfach diplomierte Betreuerin beim Gustieren. »Die passt Ihnen cool!«, rief sie mir zu. Ich: »Ehrlich? Ich find sie scheußlich.« – »Na ja, okay«, gesteht sie (und unterdrückt einen spontanen Übelkeitsausbruch): »Da hab ich noch was viel Cooleres.« Sagt es, hängt mir eine Art Skibrille auf die Ohren und blinzelt mich entzückt an. »Viel zu groß«, sage ich. Jetzt erkennt sie es auch: »Weniger sportlich passt Ihnen cooler.« Ich meine, weniger cool passt mir vielleicht besser. Daraufhin bringt sie mir ein Modell, das zuletzt 1982 auf der Nase von Ray Charles zu sehen war. »Eher klassisch cool«, sagt sie mit leichtem Würgeton. »Aber da hab ich noch was viel Cooleres ...« Das siebente Coole nahm ich widerspruchslos. Die Wahrheit werden wir Sonnenbrillenträger ohnehin nie erfahren.

Kaputte neue Jeans

Vor einigen Tagen war ich krank wie unsere Gesellschaft. Ich kaufte bewusst eine kaputte Jeans und zahlte dafür etwa doppelt so viel wie für eine unbeschädigte.

Für den Fall, dass ich den lädierten Zustand übersehen könnte, machte mich die Verkäuferin gleich darauf aufmerksam. Sie zeigte mir die eingerissenen Taschen, die ausgebeulten Knie und den abgewetzten Hosenhintern. Sie sagte dazu stolz: »Das ist das neueste Modell.« Der irre Preis dafür ergibt sich einerseits aus der Marke (die man sich aber kostengünstiger auch aufs Hirn picken könnte), andererseits aus dem Umstand, dass die Hose zuerst neu gemacht wurde, ehe man weitere Arbeitskraft aufwendete, um sie organisiert zu verunstalten. Die Hose soll nämlich alt und abgetragen aussehen. Sagen Sie jetzt nicht, das könnte man billiger haben, indem man seine Jeans auf natürliche Weise altern lässt. Irrtum: Alte Jeans sind nach zwei Saisonen unmodern, oder junge Verkäufer nennen sie »klassisch«, bevor sie sich übergeben. Wir müssen eh alle paar Monate eine neue Hose kaufen, um »dabei« zu sein. Da ist es dann praktisch egal, ob sie beim Kauf schon kaputt und deshalb doppelt so teuer ist. (Danke fürs Zuhören, jetzt hab ich sie mir endlich schöngeredet.)

Die Post-Therapie

An einer Beschwerdestelle zu arbeiten muss furchtbar sein. Stellen Sie sich vor, Sie arbeiten an der Post-Beschwerdestelle (auch Kundenservice genannt) und man zahlt Ihnen nicht einmal Depressionszulage. Na gut, die haben ihr Schicksal selbst in die Hand genommen, bemerkte die Salzburger Kundin Christine K.

Sie hatte monatelang falsche Post (von Fremden für Fremde) zugestellt bekommen. Und die richtige Post langte frühestens zwei Monate später ein. Das meldete sie beim Amt – und erhielt ein Formular mit der Empfehlung: »Des füllen S' aus und schicken S' nach Wien!« So tat sie.

Keinen Tag früher als zwei Monate später kam die Retourpost von der Post: »Es tut uns leid, dass Sie mit unserer Leistung nicht zufrieden sind. Wir bewegen pro Tag etwa sieben Millionen Sendungen (...). Da ist es so gut wie unmöglich festzustellen, warum Ihre Sendung verspätet eingelangt ist. Wir hoffen, dass wir Sie wieder zu unseren vielen zufriedenen Kunden zählen dürfen. Sollte uns nochmals ein Missgeschick unterlaufen, kontaktieren Sie uns bitte.«

Wir könnten schwören: Immer wenn die Beamten vom Post-Kundenservice diesen Brief wegschicken, geht es ihnen nachher psychisch besser.

Kein Telefontausch

Telefonieren ist zeitgemäß. Mit einer Hotline zu telefonieren ist auffallend zeitgemäß. Mit einer Hotline wegen eines Telefonwechsels zu telefonieren ist penetrant zeitgemäß. Aber mit der Telekom-Hotline zu telefonieren, um ein nostalgisches Wahlscheibentelefon loszuwerden – das kommt der Überwindung der Penetranz der Zeitmäßigkeit gleich. Oskar S. hat es getan. Und es klang so:

Anrufer (A): »Ich hab ein Wahlscheibentelefon und will eins mit Tasten.« Hotline (H): »Haha! Das muss aber schon sehr alt sein.« A: »Ja, Baujahr 1978. Und jetzt will ich ein neues. Seit Jahren bezahle ich Wartungsgebühren, kann aber die angebotenen Services nicht nutzen.« H: »Ist das Telefon kaputt?« A (stolz): »Nein, nein, es funktioniert noch.« H: »Leider. Dann wird es nicht getauscht.« A: »Was? Wie's ausschaut, wird es noch Jahrzehnte funktionieren.« H: »Dann wird es Jahrzehnte nicht getauscht.« (Pause.) (Leise:) »Sie können es aber hinunterschmeißen, damit es kaputt wird. Dann tauschen wir es.« A: »Das mache ich nicht!« H: »Dann wird es nicht getauscht. Erst wenn es kaputt ist, gibt es ein neues.« (Ende.)

Sich festzuhalten

Unser Chemieprofessor Biber war ein kleiner Revoluzzer. Vor allem das Bürokraten-Österreichisch hatte es ihm angetan. So weigerte er sich, Fahrscheine zu zwicken, weil diese Tätigkeit damals (1973) offiziell »entwerten« hieß. »Wenn ich den Fahrschein entwerte, hat er keinen Wert mehr«, stritt er mit den Kontrolleuren: »Und mit wertlosen Fahrscheinen fahre ich nicht.« Ferner nahm er das Gebotsschild »Rückwärts aussteigen« wörtlich und näherte sich dem Ausgang, zum Vergnügen der Schüler, vorzugsweise verkehrt.

Heute, 35 Jahre später, werden die Straßenbahnwaggons mit einem Warntafel-Duo behübscht, das zu zerpflücken dem Professor garantiert eine Chemiestunde wert gewesen wäre:

»Achtung, Auftritte frei halten!« – Blödsinn, hätte er gesagt: Ein Auftritt könne verschoben, abgesagt, aber niemals frei gehalten werden. Denn der Auftritt sei die Tätigkeit selbst und niemals dessen Ort. (Der hieße eventuell Trittbrett.)

»Bitte sich festzuhalten.« Ein wahrlich waghalsiges Unterfangen. Wenigstens sei nun endlich erklärt, was es mit den ernsten, verbissenen Gesichtern der Wiener Fahrgäste auf sich hat: Die sind verzweifelt bemüht, festen Halt an sich selbst zu finden.

Wie Geräte sprechen

Rechtschreibreform-Rückholaktion. Künstlerkomitee »Rettet die Gemse«. Entkonfitürisierung unseres heiligen Marmeladendeutsch. Jelineks vorgezogene Neujahrsansprache (ohne Jelinek). Österreichs stumpfes Hirn von Pisa. – Dieses Jahr hat es sprachlich und schreiberisch in sich. Starten wir aber noch eine allerletzte Sprachoffensive. Reden wir so, dass uns auch unser Kühlschrank versteht. Die Anleitung dazu verdanken wir einem famosen Durchstarter, dem unverzichtbaren »Wörterbuch für Hausgeräte«. Hier ein paar potenzielle neue Modewörter:

¾-Zoll-Schlauchverschraubung. Ohne sie ist Weiterleben praktisch sinnlos.
6th Sense. Frauen haben ihn, Männer beleidigen ihn.
Fuzzy-Control. Kleinfußkontrolle. Nagelprobe.
Restzeit. Lebenszeit minus Alter. (Erst von den Nachkommen errechenbar.)
Aquastop. Wasserende. Ufer.
Aqua-Sensor. Gespür für Wasser. Grundausstattung eines Regenmachers.
Snap-in-System. Auf Knopfdruck beleidigt sein.
Gefriergutkalender. Umfasst nur die Monate November bis Februar.
Wolle-Finish. Wolle aus.
Oberkorbspülen. – Das überlassen wir vielleicht besser Ihrer eigenen Fantasie.

Hundeprotest

Wie uns aus Assisi-freundlichen Kreisen zugetragen wurde, sind für das kommende Wochenende in ganz Österreich Grünflächen deckende Großkundgebungen von verantwortungsvoll gehaltenen Schwergewichtshunden geplant. Der Dachverband der Berner Sennenhunde, Bobtails, Neufundländer, Labradors, Bernhardiner und Golden Retriever will auf die Anliegen seiner Mitglieder aufmerksam machen: dreimal täglich Gassi mit ausgedehnten Schnupperkursen im gut markierten Gelände. Mindestens fünf Kilo Futter in der Schüssel (und etwas mehr Fantasie beim Menüplan). Ausreichend Wasser zur Sabberverdünnung. Daheim dicke Teppiche für die Schnauzenpflege.

Nun zu den wichtigsten Punkten: Schluss mit Kriminalisierung, Panikmache und Hasstiraden. Verbot von rassistischen Abqualifizierungen einer menschenliebenden Gattung. »Baut uns nicht als Feindbild für die Kinder auf, sie sind die Einzigen, die was vom Spielen verstehen. Sperrt uns nicht weg von ihnen. Denn: Wir sind vielleicht zu groß geratene Schoßhunde und verschlafene Wachhunde. ABER WIR SIND KEINE KAMPFHUNDE! Unsere einzigen Waffen sind gesunde Verdauung und Mundgeruch.«

Gelsenrohbericht

Heuer ist ein Gelsenjahr. Im Grunde, da muss man ehrlich sein als Journalist, ist jedes Jahr ein Gelsenjahr. Im Frühjahr ist das Jahr zumeist ein Schneckenjahr. Im Herbst jährt sich das Miniermottenjahr. Im Winter feiern Martini- bis Weihnachtsgänse auf umstrittene Weise ihre Rekordjahresjubiläen. Jetzt im Sommer: die Zecke und – heuer besonders – die Gelse, ehe sie von der Wespe und deren Jahr abgelöst wird.

Nun, obwohl es Gelsen schon seit 170 Millionen Jahren gibt, ist kaum Ermüdung zu erkennen. Im Gegenteil. Die Familie mit ihren 2700 Arten ist kosmopräsent, hält eisern zusammen und konzentriert sich auf das Wesentliche – auf uns. Derzeit bei der Arbeit:

A) die Gute-Nacht-Gelse. Wartet unter der Leselampe, bis das Licht ausgeht, und kommt dann auf einen Abstecher zu uns ins Bett.
B) die Anti-Tiefschlaf-Gelse. Spielt mit uns stundenlang Surren und Klatschen. Resignieren wir, bedient sie sich.
C) Die übernächtige Tagesgelse: Reaktionsschwach. Deshalb: Handschlagqualität.
D) Die Ja-Natürlich-Gelse. Bevorzugt schadstoffarme Haut und alkoholfreies Blut mit biologisch abbaubaren Fettwerten. Pech. Sie steht in Österreich auf verlorenem Posten.

Gepäck auf Reisen

Drei schlechte Inlandsnachrichten diese Woche: 1.) Die Wiener Universität ist nur noch die 86-klügste der Welt. 2.) Nur noch 112 Tage bis Weihnachten. 3.) Die AUA verliert jeden 50. Koffer. Es kommt also nicht von ungefähr, dass Österreicher ihr Gepäck aufgeben, wenn sie es wegschicken.

Zum Glück war die Reisetasche, die Ida W. der AUA in Rom mit auf den Weg gab, eine von 49. Sie kam tatsächlich in Wien an. Allerdings rollte sie auf dem Förderband einem farbenblinden schwedischen Geschäftsreisenden in die Hände. Der hielt das braune Gepäck für sein eigenes schwarzes und schickte es nach Stockholm. Beim Öffnen daheim sah er angesichts der Damenwäsche seinen Irrtum ein. Telefonisch versprach er Ida W., ihre Tasche sofort nach Wien zu senden. Dass diese drei Wochen später in Göteborg auftauchte, zeigt, wie wenig wir in Skandinavier hineinblicken können. Jedenfalls wurde die Tasche der Besitzerin neuerlich in Aussicht gestellt. Doch sie kam nur bis Frankfurt, dort fingen sie Terroreinheiten ab, denn der »verdächtige Inhalt« roch mindestens nach Schwefelsäure. Beim nächsten Mal wird Ida W. ihren italienischen Ziegenhartkäse im Handgepäck unterbringen.

Urlaub vom Anreiz

Nur neun Länder der Welt sind touristisch beliebter als Österreich. Jährlich besuchen uns mehr als doppelt so viele Gäste, wie es Einwohner gibt. Statistisch hätte jeder Inländer exakt 2,37 Urlauber zu betreuen. Viele weigern sich aber beharrlich, vor allem in Tourismusbetrieben.

Familie R. mit Clara (5) wurden gegen hübsches Urlaubs-Ablösegeld soeben vom Salzkammergut freigegeben. Das »hauseigene Shetland-Pony«, dessentwegen man sich für die Pension entschieden hatte, war leider selbst gerade auf Urlaub oder im Krankenstand. Der Gästeraum war vorübergehend nicht benutzbar, vermutlich wurde ein weiteres Dutzend Hirschgeweihe an den Wänden installiert. Die Besitzer waren (wahrscheinlich) freundlich, aber ebenfalls auf Urlaub, möglicherweise mit dem Pony. Die Küche der Halbpension war kurzfristig außer Betrieb, weil sich der Koch verletzt hatte. (Vielleicht beim Abtransport des Ponys oder beim Aufhängen der Hirschgeweihe.) Das Wasser im Badezimmer war heiß, aber nur im Morgengrauen. Das Frühstück war gut, aber nur bis zehn. (Clara schlief leider oft erst um acht Uhr ein und träumte vom Pony.) Am Abend ging man früh zu Bett, weil das die billigste Möglichkeit war, nichts zu versäumen.

Hitze, was nun?

Einer der konsumentenfreundlichsten Zweige unseres Berufs ist der Saisontipp-Journalismus. Zu Ostern sagt er den Menschen, welche Eier besonders glücklich gelegt wurden. Zu Allerheiligen teilt er den Autofahrern mit, wie sie sich verhalten sollen, wenn plötzlich Nebel auftaucht. Zu Weihnachten verrät er, wie man einen Christbaumbrand verhindert und nicht an Herzverfettung stirbt. Und im Sommer – das liest man dann jeden Tag in einer anderen Zeitung, derzeit in mehreren gleichzeitig –, im Sommer stellt sich unweigerlich die Frage: Was mache ich, wenn es heiß ist?

Der Saisontipp-Journalismus ist freilich viel zu bescheiden, um sich zuzutrauen, derart brennende Probleme selbst zu lösen. Man braucht also »Hitzeexperten«, das sind zumeist Ärzte, die trotz Hitze telefonisch erreichbar waren und zu spät aufgelegt haben. Die besten Hitzetipps der vergangenen Tage: Wenig anziehen. Kühl duschen. Räume verdunkeln. Fenster schließen. Schlafzimmer in den Norden verlegen (z.B. Grönland). Und: »Den Genuss von übermäßigem Alkohol vermeiden.« Genuss vermeiden, muss das sein? Soll sich der übermäßige Alkohol halt ein bisschen mäßigen.

Besuch im Röster

Heute eine kleine Fabel vom Wörthersee, den die Münchner Familie R. nur deshalb nicht von innen sah, weil ein Adriatief dagegen war. Sonst war der Urlaub perfekt. »So ein heiteres Volk haben wir auf Sommerfrische überhaupt noch nie erlebt«, schwärmt Anke R.

Auch die Kärntner Idee, Abendmahl mit Kabarett zu verbinden, gefiel ihr. Im H.Hof aß man vorzüglich. Erst im Zwetschkenröster war etwas zu viel Bewegung. Ein Ohrenschlüpfer drehte gerade seine Verdauungsrunden. Kellnerin: »Ma, sorry, i tu's gleich austauschen!« Wenig später kam der neue Teller. Der Zwetschkenröster – ein ruhender roter Sumpf. Aber wer lehnte an den Klippen des Kaiserschmarrenmassivs? – Der Ohrenschlüpfer. Kellnerin: »Ma, des gibt's nit! Ist der Teif'l wieder einegekroochn!« Anke: »Dann seien Sie so freundlich, und versuchen Sie's noch einmal!« Da nun wurde die Miene der Kellnerin bitter. Und sie sprach: »Ma, des Viech konn i nit noch amol zuruck in die Kuchl bringen. Der Chef daschlogt mi!« Ihr Vorschlag: »Kemma's gleich am Tisch außetuan?« Das war den Münchnern zu martialisch. Kellnerin: »Donn bring ich Ihnen gonz a neie Portion. Oba dem Chef tamma nix varroten!« Und so geschah es.

Durst im Wandel

Schön, wie sich Pädagogik in vierzig Jahren zum Guten für das Kind entwickelt hat. Hier ein kleiner hochsommerlicher Durstszenenvergleich. Zunächst Kindheitserinnerungen an die sechziger Jahre. Kind: »Darf ich ein Cola?« Mutter: »Darf ich ein Cola haben, heißt es.« K.: »Darf ich ein Cola haben?« M.: »Nein.« K.: »Warum nicht?« M.: »Weil ich's sage.« Kind (zehnmal): »Warum nicht?« M.: »Weil Cola ungesund ist.« K.: »Darf ich ein Fanta, ein Sprite oder ein Keli Ananas?« M.: »Nein.« K.: »Warum nicht?« M.: »Weil dir das süße Zeug den Magen verpickt.« (Lüge! Weil's ein paar Schilling kostet.) K.: »Ich bin aber durstig.« M.: »Dann trink Dicksaft.« K.: »Der verpickt mir auch den Magen.« M.: »Dann trink Wasser.« Kind: »Wäh, immer nur Wasser!«

Beobachtung Anfang Juli im Volksgartencafé. Fünf Erwachsene unterhalten sich – beinahe. Ein kleiner Bub schreit in kurzen Intervallen: »Ich hab Durst!« E1: »Willst ein Cola? Oder ein Apfelsafti?« B.: »Ich hab Durst!« E2: »Einen Orangensaft, frisch gepresst? Der ist guuut!« E3: »Oder einen Sprudel?« E4: »Oder einen Eistee Pfirsich?« Kind (plärrend): »Ich hab so einen Durst! Ich hab so einen Durst! Ich will ein Wasser! Ein Wasser!«

Saft zum Minuspreis

Im Abverkauf stürzen die Preise manchmal so rasant, dass sie quasi auf der anderen Seite wieder herauskommen. Bei *Segafredo* auf der Mariahilfer Straße kostete unlängst ein Glas Orangensaft weniger als nichts. Der Gast hätte dafür sogar 30 Cent ausbezahlt bekommen, hätte er die Spielregeln durchschaut und würde sich das Café daran halten.

Die hatten da nämlich ein Frühstücksangebot, bestehend aus Cappuccino, Croissant und Orangensaft, zum Dumpingpreis von 3,90 Euro. Damit sie das wirtschaftlich überleben konnten, sollten es nicht alle Gäste gleich erfahren. Andreas S. ahnte zum Beispiel nichts davon, als er Cappuccino und Croissant bestellte und dafür 4,20 Euro bezahlte. Erst beim Ausgang sprang ihm die Tafel mit dem Angebot zu 3,90 ins Auge. Er kehrte um und machte den Kellner darauf aufmerksam, dass der ihm Kaffee und Kipferl zu teuer verrechnet hätte. »Na, na, stimmt scho«, beruhigte der Kellner, »da hätten S' des Frühstücksangebot bestellen müssen.« Gast: »Gibt's da einen Unterschied?« Kellner: »Jo schon, beim Frühstücksangebot is a Orangensaft dabei.« – Der Gast war in Eile und ging. Aber seither wird er das Gefühl nicht los, dass ihm *Segafredo* einen Orangensaft zu minus 30 Cent schuldet.

»Die heutige Jugend«

1.) In unserer Kindheit gab es die militanten Ordnungshüter, die ihren Pensionsschock in der Straßenbahn auslebten. Jeder zweite Satz war ein Fluch, jeder dritte begann mit den Worten: »Die heutige Jugend.« Man durfte weder raufen noch rülpsen noch spucken noch ließen sie uns die Füße auf dem Vordersitz ruhen. Manchmal trugen sie uns Ohrfeigen an, manchmal langten sie gleich zu. Wir nannten sie »die Alten«, sie boten ein trauriges Bild: verhärmt, humorlos, intolerant. Wir schworen uns, wir würden nie werden wie sie.
2.) Vor ein paar Tagen hing ein Häufchen Jugendlicher in einem U-Bahn-Sitz. Der Hosenschritt baumelte knöcheltief. Die Ohrläppchen waren fünffach abgesiegelt, alle Piercings bis zur Hüfte an der Frischluft. Der Blick starrte ins Nichts des Daseins, der Mund war geöffnet, um den Kiefer nicht unnötig zu belasten. Und im Umkreis von fünf Metern wurden die Fahrgäste von einem unerträglichen Getöse heimgesucht, welches aus dem Spalt zwischen Ohr und Kopfhörer ins Freie drang. Da murmelte mein Nachbar, ein empörter Pensionist: »Was ist das für eine Jugend?« Und was tat ich? – Ich nickte ihm zu. In zwanzig Jahren werde ich so einem Jungen vermutlich den Walkman von den Ohren reißen.

Schulheldenepos

Erstaunliches erbrachte eine WHO-Studie: Österreichs Kinder mögen sie, die Schule. Einiges ist ja tatsächlich angenehmer geworden. Wenn man heute durchfällt, fällt man eben durch, muss sich im nächsten Jahr nicht so plagen, ist kräftiger und nicht so kindisch wie die anderen und hat gute Chancen, bald der neue Klassenchef zu sein.

Vor dreißig Jahren war Durchfallen familiär unerwünscht, um es milde auszudrücken. Hier darf auf das Husarenstück unseres Schulkollegen Manfred S. verwiesen werden, der in der vierten Klasse durchgefallen war und es seinen Eltern drei Jahre erfolgreich verschwiegen hatte.

Nervös wurde er erst in der Siebenten, als der Vater der Matura entgegenzufiebern begann. Freunde sammelten Ideen, um das Unheil abzuwenden. Zum Beispiel: Manfred wolle freiwillig noch ein Jahr anhängen, um dann mit Vorzug zu maturieren. Oder: Es werde gerade die Neun-Jahres-Mittelschule getestet. Schließlich verriet ihn ein Lehrer und der Schwindel flog auf.

Heute ist Manfred S. angeblich Chirurg. Glauben zumindest seine Patienten.

1968

Wenn man die Ziffern einzeln betrachtet, wirken sie so harmlos. Aber 1968 war schon ein starkes Jahr: Der Kesselgruber hat im Stiegenhaus einen verirrten Riesenheuschreck, den wir retten und in den Zoo bringen wollten, zertreten. Es hat schauderhaft geknirscht. Auf der Gstätten bei den Schmidt-Stahlwerken, die wir nicht betreten durften (und deshalb immer dort waren), ließen wir uns von Gastarbeitern, die damals die einzigen freundlichen Erwachsenen am Laaerberg waren, Fahrräder reparieren und Drachen basteln. Im »Käfig« durften wir mit den Jugoslawen Fußball spielen. Im Sommer habe ich einen Pfirsichkern verschluckt, der mir bis heute im Magen liegt. Im Winter sind wir (aus heutiger Sicht ein bisschen vollidiotisch) täglich stundenlang einen flachen Hügel hinaufgestiegen, um diesen auf der Rodel jeweils drei Sekunden hinunterzurutschen. Die schlimmsten Stunden des Jahres waren jene beim Friseur, der sich zum Ziel setzte, keine Haare übrig zu lassen, damit wir nicht »wie die Beatles« ausschauten. Und in den Nachrichten hat es geheißen, dass bald der erste Mensch den Mond betreten werde. Hoffentlich bei Vollmond, dachten wir. Sonst wird er nicht viel sehen.

Komagetränkt

Helmut ist heute 47 und arbeitet in einer Bank. Vor 31 Jahren, beim Zeltlager südlich von Wien, hat er sich unsterblich gemacht. Am Abend pilgerten wir zum Espresso *Gigi* nach Ebergassing. Auf ein Viertel (pro Stunde). Im nüchternen Zustand verabscheute Helmut den Alkohol. Er trank Cola – mit ein bisschen Rum, damit er einer von uns war. Unter der Wirkung von ein bisschen Rum war ihm immer schneller nach Rum mit ein bisschen Cola. Leider schaffte er es noch, das WC von innen zuzusperren. Dann wurde es still um ihn. Einer unserer Helden stieg beim Dachfenster ein und barg ihn. Sein Zustand: Na ja, wir dachten, so nimmt ihn kein Spital mehr auf. Wir trugen ihn zum Lager, machten Feuer, zogen ihm trockene Sachen an, wickelten ihn in Decken, legten ihn auf ein Campingbett und hielten Halbtotenwache. Als die Sonne schon hoch stand, wachte er auf und sagte: »Mir ist schlecht.« Wir erwiderten: »Aber du lebst!«

Das Problem ist also keineswegs neu. Doch plötzlich hat es einen journalistisch extrem geilen Namen: »Komatrinken«. Man könnte die Popularität nutzen und den Jugendlichen, die nicht blöder sind, als wir es waren, ein paar Dinge über Alkohol verraten.

Ans Abgeben denken

Nächste Woche beginnt die Schule, von der wir neben Reife, Bildung und Einbildung auch alle unsere mehr oder weniger kleinen Schäden davongetragen haben. Für die Aufarbeitung der Psychobombe »Schularbeit« alleine reicht bei manchen ein Leben gar nicht aus. Erinnern wir uns: In gespenstisch stillen, überwachten Klassenzimmern ist uns in der Einsamkeit des ertraglosen Grübelns, beim verzweifelten Versuch, dem aus dem Noch-nie-davon-gehört-Haben resultierenden Nichtwissen ein Plötzlichkönnen abzutrotzen, vor offenen Blättern unbewältigbarer Aufgaben die Zeit davongelaufen.

Und dann fiel mitten in die schauderhafte Schlussstille der kollektiven Angstschweißausschüttung auch noch er, der Satz der Sätze. Worte, wie sie nur Lehrer in die Welt setzen konnten, eine Aufforderung, die unser Leben prägen, begleiten und bestimmen sollte: »LANGSAM ANS ABGEBEN DENKEN!«

Manche von uns, jene, die dieser Satz am schlimmsten erwischt hat, mussten einen Beruf ergreifen, der es ihnen ermöglicht, das Trauma vom steten (langsamen) Ans-Abgeben-Denken im täglichen zwanghaften Wiederholungsprozess zu überwinden. Sie wurden zum Beispiel Journalisten.

Frage der Pein

Eine der schauderhaftesten Fragen, die ein erwachsener Mensch gestellt bekommen kann, lautet: »Was mach ich mit Ihnen?« Oder, noch schlimmer: »Wos moch i mit Earna?« Erstens fühlt sich der so Gefragte sogleich wie das kleinste Pikkolosalami-Schrumpfwürstel von Mailand bis Debrecen. Zweitens verstärkt sich dieses Gefühl durch jene grauenvollen Blicke, mit denen einen »Wos-moch-i-mit-Earna?«-Fragende gemeinhin fixieren, Blicke, in die die erbärmliche Mischung aus Verdammnis und Mitleid eingebettet ist. Drittens gibt es auf: »Wos moch i mit Earna?« keine einzige sinnvolle Antwort, nur eine logische Reaktion, die den sich ankündigenden Schaden wenigstens nicht größer werden lässt. Sie besteht aus zwei angehobenen und wieder gesenkten Schultern. Der Rest ist Schicksal.

Und nun zur Sachlage: Sonntag, zwölf Uhr mittags, Horner Bundesstraße, Nebenfahrbahn. Autos: Fiat (der meinige), VW-Golf (Gendarmerie). Personen: Ich, Gendarmeriebeamtin.

Meine erste Frage: »War ich zu schnell?«

(Antwort: bejahend.)

Die letzte Frage der Beamtin: »Herr Glattbauer, wos moch i mit Earna?« –

Alles, nur nicht diese Frage so im Raum stehen lassen!

Ich: »21 Euro?«

Sie: »Des warat amoi a guter Beginn.«

Dialog für vier

Unlängst durfte ich im Wiener Café Korb Ohrenzeuge einer Unterhaltung werden, die sich zwischen zwei soeben eingetroffenen, eng beisammensitzenden, Händchen haltenden und einander immer wieder liebevoll zuzwinkernden jungen Gästen zutrug und ungefähr so anhörte:

Er (euphorisch): Du ja, super Idee, machen wir, müssen wir unbedingt machen, da bin ich voll dabei!
Sie (flüsternd, ein bisschen verschämt): Im Kaffeehaus.
Er: Können wir machen, suuuper Idee!
Sie: Ja. Sicher. Jaja. Klar. Sicher. Ich weiß. Na sicher.
Er: Du, da reden wir.
Sie: Ah so? Ja? Echt? Muss ich nachschauen. Ich schau nach und sag dir's morgen.
Er: An sich überhaupt kein Problem. Da bleiben wir dran. Das ist eine tolle Sache, das wird sicher gut.
Sie und er (in loser Reihenfolge, abwechselnd, mitunter gleichzeitig): Ja. Du. Sicher. Klar. Aha. Ah so. Eh. Ja. Du (…)
Er: Sonst alles in Ordnung?
Sie: Machen wir uns aus.
Er: Freut mich, freut mich!
Sie: Da meld ich mich.
Er: Na bestens. Also dann!
Sie: Tschüssi, baba.

Gesprächspause. Sie umarmen und küssen sich.
Er (verklärt): Hallo.
Sie (erschöpft): Hallo.
Da läutet abermals eines der beiden Handys.

Mediale Federn

Vor einigen Tagen war zu erfahren, dass uns die Vogelgrippe 150 Jahre erhalten bleiben könnte. »Uns« heißt somit auch: uns Journalisten. Entwickeln sich die Schlagzeilen der vergangenen Wochen, in denen es vor allem darum ging, wo und in welchem Tiergewande das tödliche Virus jeweils zum ersten Male aufgetreten ist, kontinuierlich weiter, so liest man im Jahr 2156 vielleicht: »Schock unter Hirtenberger Sportschützen: Erstmals Tontaube von Vogelgrippe befallen.«

Die ruhigere H5N1-Berichterstattung konzentriert sich da eher auf Vorbeugetipps von Experten. Zugegeben, manche Ratschläge klingen ein wenig sonderbar. Im *Kurier* las man am Mittwoch wortwörtlich in großen Lettern: »Seuchenbehörde empfiehlt, Katzen dort einzusperren, wo tote Vögel gefunden wurden.« Das dürfte erstens eine ziemliche Knochenarbeit werden: Man müsste direkt am Fundort toter Vögel eigene Gehege errichten und dann schauen, wie man die Katzen der Umgebung dort hineinbekommt. Zweitens stellt sich die Frage, wie sinnvoll es ist, Katzen quasi die Totenwache über möglicherweise grippeverseuchte Vögel abhalten zu lassen. – Aber da bleiben uns ja noch 150 Jahre, um Antworten darauf zu finden. Nur keine Panik.

Vogel-Protestlied

Hier der erste eingelangte Beitrag zum soeben ins Leben gerufenen Tierprotest-Songcontest. Gewidmet: allen in Österreich ansässigen oder saisonbedingt zwischengelandeten Vögeln. Gerichtet an alle sehr geehrten Menschen auf Erden:

Wenn ihr schon nicht mehr wisst / wie euch zu fürchten ist / bei eurem Angebot / an materieller Not / an Katastrophenjahren / und Nukleargefahren / dann sucht den Schrecken da / wo er euch unscheinbarer nicht begegnen kann: / in einem toten Schwan / in jedem toten Schwan.

Refrain: Macht eure Feinde groß / hält euch die Freunde klein / kommt, lasst die Bären los / und sperrt die Vögel ein.

Chor (nur für Enten): Gwa gwa gwa gwa gwä gwä / gwa gwa gwa gwä gwa gwä / gwa gwä gwa gwä gwa gwä / gwä gwä gwä gwa gwa gwä.

Erweiterter Refrain: Fährt Hasen in die Gruft / setzt Fische an die Luft / jagt, geistig hell und wach / mit Cheney Wachteln nach. / Macht euch die Feinde groß / drückt eure Freunde klein / kommt, lasst die Bären los / und sperrt uns Vögel ein / lasst die Bären los / und sperrt die Vögel ein / schläfert uns Vögel ein.

(*Lyrics by Wenzel K., emigrierte Indische Laufente, Neupölla 17, aus Solidarität derzeit in der Scheune.*)

Was Neuwahlen sollen

Wir hatten unlängst politakademisch den Fall, dass ein Zehnjähriger wissen wollte, was »vorgezogene Neuwahlen« sind. (Er kannte nur abgezogene Grauwale aus »Universum«.) »Das ist, wenn früher neu gewählt wird, als geplant war«, probierte es sein Vater. – Dürftig! Und so ging es weiter:

Vorgezogene Neuwahlen werden notwendig, wenn die Regierung sie für notwendig hält, was nicht heißt, dass sie notwendig sind. Wer genau die Regierung ist? Das sind die Politiker, die von den meisten Leuten gewählt wurden. (Stimmt zwar nicht, aber soll man an den demokratischen Grundfesten eines Zehnjährigen rütteln?) Warum Politiker Neuwahlen wollen, wenn sie eh schon gewählt wurden? – Damit sie wieder gewählt werden. Und wenn sie nicht mehr gewählt werden? – Darauf hoffen die anderen Parteien, und wenn sie es gerade auch glauben, fordern sie vorgezogene Neuwahlen.

Vorgezogene Neuwahlen werden übrigens automatisch notwendig, wenn die Regierung nicht mehr regierungsfähig ist, erklärte unser Schlauster. »Aber wozu dann Neuwahlen?«, fragte der Zehnjährige: »Wenn die Regierung unfähig ist, wählt sie doch eh keiner mehr.« – Waren wir in dem Alter auch so naiv?

SPÖ liest Musil

Auf die Frage, welches Buch er mit auf die Insel nehmen würde, antwortete Wiens Bürgermeister Häupl am Mittwoch bei einer Buchgala im Rathaus: nein, nicht das Parteibuch, sondern *Der Mann ohne Eigenschaften* von Robert Musil. (Vermutlich plus Gepäckträger.) Schon interessant – Lieblingsbuch von Bruno Kreisky: *Mann ohne Eigenschaften*. Lieblingsbuch von Fred Sinowatz: *Mann ohne Eigenschaften*. Lieblingsbuch von Viktor Klima: *Mann ohne Eigenschaften*. Während sich die ÖVP nie auf ein Buch einigen konnte, obwohl sich *Der Schatz im Silbersee* förmlich aufgedrängt hätte, beweist die SPÖ erstaunliche literarische Solidarität.

Warum aber ausgerechnet Musils spröder 1040-Seiten-Wälzer? – Nun gut, es finden sich Parallelen zur Politik: Man kann nicht viel über die Handlung erzählen, denn es gibt keine. Nichts wird getan, alles nur gedacht. Musil, auf Seite 16: »So ließe sich der Möglichkeitssinn geradezu als die Fähigkeit definieren, alles, was ebenso gut sein könnte, zu denken und das, was ist, nicht wichtiger zu nehmen als das, was nicht ist.« Gesundheitsmisere? Steuerdilemma? Bildungsdesaster? Es steht zu befürchten, dass auch Faymann Musils Werk bereits verfallen ist.

Putins Beschützer

Putin wird sie nicht gezählt haben, aber 1100 Polizisten sollen es gewesen sein, die ihn beim Besuch in Wien beschützten. Drei davon haben wir dabei beobachtet.

Putin-Schützer 17 observierte breitbeinig die regungslose Hofburg. Wer sein Gesicht sah, hatte vielleicht eine Vorstellung, wie kalt einst der gleichnamige Krieg gewesen sein muss. Passanten machten einen großen Bogen um ihn. Wenn wer bei 30 Grad Celsius in voller Montur auf falsche Bewegungen reagiert hätte, dann ganz bestimmt dieser Mann.

Putin-Schützer 321 sperrte und öffnete Straßen, verteidigte den Sinn jeder Umleitung, verwies Radfahrer auf Radwege, belehrte Fußgänger über korrektes Verhalten bei Staatsbesuchen, mimte den guten alten Verkehrspolizisten, der uns einst das Rotlicht jeder Ampel ersetzt hatte.

Putin-Schützer 877 leistete wahrlich eine Schweißarbeit. Alle paar Minuten drückte ihm ein Tourist einen Stadtplan in die Hand. Uniformsüchtige Japanerinnen mussten dringend an seiner Schulter fotografiert werden. Nein, nur Opernkarten konnte man bei ihm keine erwerben.

Schade, jetzt sind sie alle in ihren Revieren. Aber im September zaubert sie der Papst garantiert wieder her.

Post traumatisch

Donnerstag, 2.9., 9.30 Uhr, Elterleinplatz: Edgar geht zur Post. Er will einen Brief aufgeben und ein Paket abholen. Postler P-5 am Schalter S-5: »Paket? Net bei mir!« (Schalter 1 oder 2 im Nebenraum.) Edgar vor S-1: geschlossen. Edgar vor S-2: geschlossen. Auf einem Schild: »Paketabholungen an den Schaltern 3, 4 und 5«. Kuvertschlichterin K-1 bestätigt die Richtigkeit der Angabe. Edgar probiert es mit S-3: geschlossen. Dann mit S-4: geschlossen. Schild: »Bitte wenden Sie sich an einen offenen Schalter.«

Edgar wendet sich an zwei pausierende Kuvertschlichterinnen. K-2: »Pakete überall, nur nicht bei Schalter 3 und 4, die sind zu.« K-3: »Gehen S' zu Schalter 6 oder 7.« Vor S-7: Menschenschlange. P-7 (nach zehn Minuten): »Leider, da hamma an Computerfehler, wir machen nur Ein- und Auszahlungen, kane Pakete.« Edgar kehrt zum Ursprungsschalter S-5 zurück. P-5: »Ich hob eana scho amoi gsogt, Pakete san Schoita ans oda zwa!« Edgar: »DIE SIND ZU, UND ICH WILL MEIN PAKET!« Er knallt den gelben Zettel aufs Pult. P-5 verlässt fluchend S-5 und kehrt wenig später mit dem Paket wieder. Ende! – Das war ein Beitrag zur unerträglichen Geschlossenheit der noch offenen Postfilialen.

Fußball ist Handarbeit

Im Banne des zeitgenössischen Kraftausdrucks »Schwerarbeiterregelung« wollen wir gerade wissen, wer schwer arbeitet und wer nicht. Nie fällt die Bezeichnung »Leichtarbeit«, denn Arbeit ist Arbeit und spottet jeder Form der Leichtigkeit. Selbst Schmetterlingszüchter können gehörig ins Schwitzen geraten.

Seit der Kindheit unterscheiden wir Arbeiter von Angestellten. Die naive Bauchpädagogik lehrte uns: Wer was lernt, muss nichts arbeiten, denn der wird einmal der Chef von denen, die arbeiten müssen, weil sie nichts gelernt haben. Das führte dazu, dass Betriebe nur noch aus Chefs bestanden, ehe sie in Konkurs gingen. Wer was gelernt hatte und dennoch kein Chef wurde, »ließ sich anstellen«. Schon die Formulierung verriet trotzige Passivität.

Jüngst hat das Höchstgericht erstmals beurteilt, ob heimische Fußballer Arbeiter oder Angestellte sind. Mit freiem Auge vermeinten wir stets zu erkennen: angestellt! Sparen wir uns Details, wie sich das Team etwa beim 0:9 gegen Spanien angestellt hatte. Nun aber wurde entschieden: Fußballer sind Arbeiter. Denn: »Die manuellen Fähigkeiten stehen im Vordergrund.« Handarbeiter? – Viel verstehen sie ja nicht vom Fußball, die Höchstrichter.

Ball laufen lassen

Der österreichische Fußball ist ungefähr so schlecht wie sein Ruf. Und auf Zuruf reagiert er nicht. Dabei wissen wir nach jedem Spiel, warum es nicht gelaufen ist und wie es gegangen wäre. Hier einige Klassiker:

Die Österreicher müssen endlich lernen, den Ball anzunehmen. – Richtig, Akzeptanz ist eine Voraussetzung für Fußball. Vielleicht sollte man es mit Spieler-Ball-Partnertherapien probieren, wo beide Seiten offen über ihre Probleme reden.

Sie müssen nach vorn spielen. – Also an der Richtung feilen. Warum das noch kein Trainer ins Programm aufgenommen hat?

Ihnen muss zur richtigen Zeit ein Tor gelingen. – Besser, es gelängen zu falschen Zeiten mehrere Tore.

Es muss ein Ruck durch die Mannschaft gehen. – Diese Theorie ist umstritten, weil unpräzise. Wann? Wo? Rechtsruck? Linksruck? Wer soll ihn auslösen? Chiropraktiker?

Ihnen fehlt der Wille zum Sieg. – Das ist gemein. Verlieren will wirklich keiner, es geschieht automatisch.

Sie müssen Ball und Gegner laufen lassen. – Ungerechter Vorhalt. Das tun sie ohnehin bis zur Erschöpfung. Meistens laufen ihnen Ball und Gegner sogar davon – und zusätzlich auch noch die Zeit.

Die Wahl im Dorf

Wenn man in Wien und im Waldviertel wohnt und da wie dort wahlberechtigt ist, lernt man gegensätzliche Arten von Politik kennen, eine zum Ab- und eine zum (Wieder-)Angewöhnen. In der Großstadt bekämpfen sich Parteien mit lächelnden Plakativlingen auf eindimensionalen Werbewänden, springen dem Wähler per Postwurf ins Gesicht, demonstrieren im Ab-Hof-Verkauf von Wahlzuckerln Stärke – und füttern das Volk auf Parteiveranstaltungen mit Ballaststoffen.

Und wie funktioniert Politik im Dorf? – Letzten Sonntag klopfte es an der Tür. Ein quirliger, fröhlicher Mann in Jeans und Daunenjacke entschuldigte sich für die Störung. Er wollte nur an die Wahl erinnern. Und er verriet, ein bisschen schüchtern, ein bisschen stolz: »I möcht nämlich Vizebürgermeister werden, und i tat mi recht g'freien, wenn S' ma Ihre Stimme geben.« Danach erzählte er, was ihm wichtig ist in der Gemeinde und was sich sein Team für die nächsten Jahre vorgenommen hat. Da waren keine Floskeln dabei, da ging es um konkrete Projekte, um persönliche Anliegen, um prüfbare Arbeit. Danach entschuldigte er sich noch einmal für die Störung.

Gestern hab ich ihn gewählt.

Ministerielle Kloteske

Im Regierungsgebäude am Wiener Stubenring wurden in den vergangenen Monaten mit großem Aufwand die WC-Anlagen generalsaniert. Das entsprechende Örtchen »Raum VII/74« im siebenten Stock ist dabei besonders still geraten: Gleich nach der Fertigstellung wurde der Zugang versperrt. Seither verbreiten sich Mystik und Verruchtheit um den Raum, als wäre er ein Zweitbüro für interne Angelegenheiten. Bald sickerte durch, dass das Häusl ausschließlich von Personalvertretern benutzt werden dürfe. Die haben allerdings maximal eine Sitzung im Monat, und die findet normalerweise (und hoffentlich auf etwas höherem Niveau) im angrenzenden Besprechungsraum statt. Als sich Beamte über die Klassenunterschiede beim Toilettenzugang beschwerten, hieß es plötzlich, der Raum sei gar nie ein Klo gewesen und werde es auch weiterhin nicht sein. (Und dies trotz neuen Hänge-WCs, Waschbecken, Warmwasserboiler und Dusche mit Trennwand.)

Was also wird hinter verschlossener Tür ministeriell getan? – Um saubere Lösungen gerungen? Saniert? Evaluiert? Oder einfach nur ausgesessen?

Überwachte Kamera

Kaum auszudenken, würden in Wien einmal alle Lautsprecher verstummen. Kein »Hinter die gelbe Linie zurücktreten!« mehr. Kein: »Bitte alles aussteigen!« Kein: »Vorsicht, Sonderzug, nicht einsteigen!« – Ohne das unentbehrliche Stakkato der Anordnungen von oben würde der öffentliche Verkehr zusammenbrechen, würden Scharen von Fahrgästen wie die Lemminge in die Schächte stolpern.

In der U-Bahn-Station Karlsplatz drang den Wartenden aber jüngst äußerst Unkonventionelles zu Ohren, erzählt uns Johanna D.: Da surrte, summte und sülzte es plötzlich in hellsten Klangfarben über die Lautsprecher: »Ja du! Ja duduu! Ja wo is sie denn? Ja wo is sie denn?« – Kurze Pause, dann schwoll die hohe Stimme abermals an: »Gugu! Ja gugu! Ja gugugu! Ja dududu! Daa is si ja! Ja halli, da is sie!«

Irritierte Passanten gingen dem mysteriösen Klangkörper nach – und machten eine unerwartete Entdeckung. Am Ende des Bahnsteigs trug ein junger Mann seine kleine Tochter auf den Schultern. Das Kind richtete seinen Blick voll konzentriert auf einen dunklen Gegenstand über ihm: Es überwachte die Überwachungskamera. – Und umgekehrt: »Ja gugu! Ja dudu. Da is sie ja, die kleine Maus (…)«

Speed

Gerne erzählen wir die atypische Begebenheit, die Nora W. am frühen Samstag zu ereilen begann. Ja, und um Eile ging's dann eine Weile: Um 00.45 Uhr bestieg sie bei der Wiener Oper den Nachtbus – mit der vagen Hoffnung, um 1.22 Uhr in Meidling den Zug nach Wiener Neustadt zu erwischen. »I wart eigentlich noch auf den Anschlussbus«, ernüchterte sie der Lenker. Aber ein »eigentlich« gibt eigentlich immer Anlass zur Hoffnung auf Uneigentlichkeit. So errechnete der Mann, plötzlich vom Ehrgeiz gepackt: »Um 1.19 Uhr kann i bei der Wienerbergbrücke sein.« Nachsatz: »Ui, des wird knapp!« Schloss die Tür, rauschte nach Vorbild des Filmstoffs *Speed* in die Nacht, sparte Stationen, wo es ging, und rief auf Höhe Wienerberg: »Wo ist die Dame mit dem ÖBB-Ticket? Sehen S' den beleuchteten Abgang? Dort müssen S' hin, zwei Minuten ham S' noch!«

Leider erwischte Nora W. den falschen Bahnsteig, sah ihren abgefertigten Zug von der Ferne, bat einen Bediensteten um Beistand, trippelte die Treppe hinunter, hastete den Gang entlang, rannte die Stufen hinauf. Oben stand der Zugführer, feuerte sie auf den letzten Metern an und verkündete: »So, jetzt kömma fahren!«

Politik und zurück

Warum man Politiker wird: Weil man Verantwortung übernehmen will. Weil man etwas verbessern will. Weil man (s)einer Partei nützen will. Weil man dem Volk dienen will. Weil man den unbequemen Weg nicht scheut. Weil man ein Gewissen hat.

Warum man als umstrittener Politiker bleibt: Weil man sich nicht vor der Verantwortung drücken will. Weil es noch viel zu verbessern gibt. Weil man der Partei weiterhin nützen will. Weil man den Wählern weiterhin dienen will. Weil man den unbequemen Weg nicht scheut. Weil man ein Gewissen hat.

Warum man als skandalgebeutelter Politiker nicht zurücktritt: Weil man sich nicht vor der Verantwortung drücken will. Weil es noch viel zu verbessern gibt. Weil man die Partei nicht schwächen will. Weil man den Wählern dienlich sein will. Weil man den unbequemen Weg nicht scheut. Weil man ein reines Gewissen hat.

Warum man als skandalgebeutelter Politiker zurücktritt: Weil man sich nicht vor der Verantwortung drücken will. Weil man auf diese Weise etwas verbessern will. Weil man die Partei stärken will. Weil man den Wählern dienlich sein will. Weil man den unbequemen Weg nicht scheut. Weil man ein reines Gewissen hat.

Wirtschaft ohne uns

Unlängst stand hier, vielleicht ein wenig kühn verkürzt: Die Wirtschaft muss besser von uns leben als wir von ihr, erst dann leben wir gut. – Das hat Leser und Leserinnen ermuntert, ausführlicher in die Materie einzusteigen: Wie sehr brauchen wir die Wirtschaft (und umgekehrt), damit es uns (und ihr) so geht, wie es uns (und ihr) geht? Hier eine kleine marktphilosophische Doktrin:

I. Vertrauen wir unserem Verbrauch, geht es der Wirtschaft gut. Verbrauchen wir unser Vertrauen, geht es der Wirtschaft schlecht. Geht es der Wirtschaft schlecht, geht es uns schlechter. Damit es uns besser geht, muss es der Wirtschaft wieder besser gehen. Kann es uns nicht mehr schlechter gehen, geht es der Wirtschaft langsam besser. Geht es der Wirtschaft besser, vertrauen wir unserem Verbrauch.
II. Geht es uns allen gleich gut, dann geht es uns allen nicht sehr gut. Geht es uns allen verschieden gut, dann geht es nur einigen wenigen sehr, sehr gut. Geht es einigen wenigen sehr, sehr gut, dann geht es einigen vielen sehr schlecht.
III. Folgerung, Gegenprobe, Schlussbetrachtung: »Geht es der Wirtschaft gut, dann geht es der Wirtschaft gut.«

(*Dipl.-Ing. Thomas F., Graz, Zitat noch ungeschützt.*)

Glück als Schulfach

In britischen Schulen wird ab Herbst probeweise das Fach »Happiness« unterrichtet. Bravo! Was nützt einem Mathematik, wenn man davor, danach und vor allem währenddessen todunglücklich ist? Und wie bringt man Kindern Glück bei? – Da heißt es zum Beispiel: »Mit Atemübungen sollen die Schüler lernen, ruhig zu bleiben, wenn sich ihre Eltern streiten.« Das klingt vielversprechend. Atmen die Kinder einmal richtig (glücklich), dann können die Eltern Rosenkrieg-Orgien veranstalten, ohne pädagogischen Schaden anzurichten. Freilich: Wer im Schulfach »Glück« versagt, hat unentschuldbares Pech gehabt. Jedenfalls braucht später keiner mehr mit Depressionen oder anderem negativen Unsinn daherkommen. »Das haben wir durchgenommen«, wird es heißen. Und: »Hättest du aufgepasst, wärst du glücklich.« Und: »Schwere Kindheit? Ja, hast du denn nicht richtig geatmet?«

Aber sicher, mit diesem Pilotversuch wird es gelingen, die Rekordzahlen psychisch kranker Jugendlicher in England einzudämmen. Als weitere Schulfächer empfehlen sich Freiheit, Wohlstand und Reichtum. Und für unbelehrbare Kinder bleibt immer noch die Hoffnung.

Hundertmal gesagt

Julia R., Mutter der 14-jährigen Lara, empfiehlt uns, hier einmal zu hinterfragen, wie pädagogisch sinnvoll die stereotype Wiederholung ein und desselben unausgeführten Befehls ist. Ständig wird ja behauptet: »Das kann man gar nicht oft genug sagen.« Stimmt das? Oder hat man damit nicht bereits unterschwellig eingestanden, wie genug oft man es schon gesagt hat und wie wirkungslos es geblieben ist?

Seit Generationen äußerst beliebt bei Eltern und Lehrern: »Habe ich dir nicht schon hundertmal gesagt, du sollst (…)?« – Naheliegende Antwort: »Ja, hundert könnte hinkommen.« Oder: »Ich weiß es nicht, ich hab nicht mitgezählt.« Unverbesserliche Pädagogen probieren es gar mit der Frage: »Wie oft soll ich dir noch sagen, du sollst (…)?« – Kinder verhalten sich in solchen Situationen eher diplomatisch und schweigen. Ehrlich wäre: »Sooft du willst, mir ist es egal, ich höre es ohnehin nicht mehr.«

Julia R. unlängst zu ihrer Tochter: »Wie oft muss ich dir noch sagen, dass du die Schuhe wegräumen sollst?« – Tochter Lara: »Mama, hab ich dir nicht schon hundertmal gesagt: Du brauchst es überhaupt nicht mehr zu sagen. Ich muss von selbst draufkommen.«

Meinung ausgeforscht

Nichts schien unerforschter als die Meinung, denn sie konnte sich täglich ändern. Vielen Dank an jene Institute, die nicht müde wurden, sich aufopfernd in den Dienst der Abfragung dieser unserer Meinung zu stellen. Sie lieferten uns unsere wöchentlichen sieben »W«. (Wen würden wir wohl wählen, wäre Wahl.) Sie verrieten uns, was wir theoretisch ablehnten, auch wenn wir nie Gelegenheit hatten, es praktisch zu tun. Sie sagten uns, was wir gut fänden, würde es eintreten, was freilich selten genug geschah. Egal, sie gaben uns das Gefühl, dass unsere Meinung zählte. Und das tat sie auch – wenigstens für sie, die Zähler.

Nun aber dürften die vorauseilenden Botschafter der Werbung ihr Ziel erreicht haben: Unsere Meinung scheint endlich komplett ausgeforscht. Es gibt nichts mehr, was man uns fragen könnte. Jetzt ist es so weit: Imas ist fertig, die Linzer haben offenbar abgeschlossen. Zum Beweis liefern sie uns das Ergebnis einer letzten Durchforschung unserer restlos ausgeforschten Meinung. Die Untersuchung hat ergeben: »Die Österreicher schwanken zwischen Sparen und Konsumieren.« – Ah geh!

Liebe Meinungsforschung, willkommen am Boden der niederschmetternden Offensichtlichkeit.

Schläfertypen

Zum Glück (für die Bettenindustrie) ist der Schlaf noch nicht ausgeforscht, sodass wir Konsumenten mit täglich neuen Studien verwöhnt werden können.

So soll die Schlafhaltung einiges über die Persönlichkeit aussagen, hat eine deutsche Matratzenfirma auf ihrer Website beschlossen. Rückenschläfer sind demnach »selbstbewusst oder selbstgefällig« (je nachdem, ob sie auf dem eigenen oder auf einem benachbarten Rücken schlafen). Seitenschläfer seien »leicht verletzbar« (überhaupt wenn sie über den Bettrand kippen). »Die Soldatenhaltung, auf dem Rücken liegend mit angelegten Armen, zeigt Reserviertheit gegenüber anderen.« Solange der Schlafende dazwischen nicht salutiert, besteht aber kein Grund zur Sorge. Bauchschläfer wiederum sollen »ordentliche, korrekte Menschen« sein. Danke! Dafür nehmen wir Magendrücken gerne in Kauf. Vielleicht hätte man noch den Querschläfer einbeziehen können. Zum Beispiel: »Große Breitenwirkung, weiß aber oft nicht, wo ihm der Kopf steht.« Klar wäre der Fall beim Wanderschläfer, der im Gästebett einschläft und sich in Tuchfühlung mit ihr befindet, wenn sie aufwacht: zugeneigt, anhänglich, hautfreundlich.

Unkäufliches Haus

1.) Jugendliche »Antikapitalisten« der siebziger Jahre (als man das Wort noch auszusprechen wagte) diskutieren heute zum Beispiel die Frage, ob es klüger ist, ein Haus zu mieten oder sich eines im Eigentum anzuschaffen. Für das Miethaus spricht: Man verausgabt sich nur monatlich und nicht ein für alle Mal. Für das Eigentumshaus spricht: Wenn man es ausbezahlt hat, gehört es einem, und man könnte es verkaufen. Für das Miethaus spricht: Was hätte man davon, sein Haus zu verkaufen? Dann müsste man erst wieder eines kaufen (oder mieten). Für das Eigentumshaus spricht: Man muss es ja nicht verkaufen, es hat auch so seinen Wert, man hat es sich quasi selbst bezahlt. Für das Miethaus spricht: Statt sich selbst zu bezahlen, nur um zu wohnen, könnte man auch etwas Sinnvolles kaufen. (…)
2.) Suzi (4) stand im Landhaus ihrer Tante und witterte Betrug: »Das Haus gehört nicht dir!« Tante: »Oh ja, ich hab's gekauft.« Suzi: »Ein Haus kann man nicht kaufen, weil man kann es nicht mitnehmen.« Käuflich sind für Suzi nur Dinge, die sich aus dem Supermarkt tragen lassen, Unbewegliches ist Allgemeingut. – Mutig, Suzi: ein durch und durch antikapitalistischer Ansatz.

Zitrone im Ohr

Das wissenschaftlich vernachlässigte achte Sinnesorgan des Menschen ist das Telefonohr, welches im Gehirn sitzt und beim glücklicheren Teil der Menschheit unausgebildet blieb. Ich zähle leider nicht dazu, ich besitze es. Wann immer wer telefoniert – und dank Handy telefoniert immer wer –, bricht automatisch jede meiner Funktionen ab, und mein Telefonohr zwingt mich zuzuhören. Ich erzähle Ihnen das deshalb, weil meine 180 Zentimeter nahe, vorbildlich recherchierende Schreibtischkollegin Verena seit ungefähr 37 Stunden telefonisch zu erfahren versucht, warum sich Zitronen so irre verteuert haben (in einem Jahr um 66 Prozent). 36 Stunden, in denen sich jene Experten, die es erklären könnten, gerade außer Haus oder im Urlaub befanden, war es mir egal. Seit einer Stunde will ich es wissen, seit wenigen Sekunden ist es heraußen. Kollegin: »Guten Tag, hier spricht (…), könnten Sie (…), warum Zitronen so teuer geworden sind?« – »Aha! Engpässe! Große Nachfrage! Aha! Die Russen! Was machen die mit den Zitronen? Aha! Vielen Dank, Sie haben mir sehr geholfen!« Gesprächsende.

Ich werde die Kollegin sofort ausquetschen. Mein Tipp: Wodka Lemon.

Handypenetranz

Behauptet man, früher sei alles schlechter gewesen, ist man blauäugig. Behauptet man, früher sei alles besser gewesen, ist man alt. Ich bin lieber alt und stelle fest: Früher gab es kein Handy.

Heuer wurden in Österreich 2,9 Millionen Stück verkauft. Zuletzt stieg die Handypenetrationsrate (sie heißt wirklich so) auf 108 Prozent. Das bedeutet: Acht Prozent mehr als alle haben ein Handy. – Ja, stimmt, das ist penetrant.

Und hier die Serie der Misere: Man ist erreichbar. Alle anderen ebenfalls. Sie erreichen sich öffentlich rund um die Uhr. (Es summt, brummt, vibriert, posaunt und »sireniert«.) Man ärgert sich über eine unterdrückte Nummer. Man ärgert sich über eine unbekannte Nummer. Man ärgert sich über eine bekannte Nummer. Man ärgert sich, dass man einen Anruf versäumt hat. Man ärgert sich, dass man es verabsäumt hat, den Anruf zu versäumen. Man ärgert sich, dass der Anrufer keine Nachricht hinterlassen hat. Man ärgert sich über den schlechten Empfang. Man ärgert sich über den leeren Akku. Man ärgert sich, dass man sich ärgert, wenn man das Handy verloren hat. Und man hasst sich dafür, dass man sich mit verlorenem Handy plötzlich selbst so verloren vorkommt.

Lenken und mailen

Welch ein Glück für die Menschheit, nicht ausgestorben zu sein, ehe die Voice-Reply-Funktion des Handys erfunden wurde! Mit dem solcherart ausgestatteten Gerät haben wir – so verrät uns die Werbung – unser »komplettes Büro in der Hemdtasche«. (Und gibt es eine romantischere Vorstellung, als im Urlaub am Meer einen Sonnenuntergang zu betrachten, und das komplette Büro darf dabei sein?)

Die phänomenale Voice-Reply-Funktion erspart es uns, Mails mit den Fingern einzutippen. Wir können sie mündlich von uns geben, die Software errichtet eine Sound-Datei, der Empfänger hört die Nachricht auf seinem PC. Von »immensem Wert« sei diese Funktion vor allem für Autofahrer, erklärt man uns im Werbetext. Wörtlich heißt es da: »Sie können mithilfe einer Freisprecheinrichtung die Zeit am Steuer nutzen, um ihre Post zu erledigen, ohne vom Straßenverkehr abgelenkt zu werden.«

Großartig. Die Verkehrssicherheit leidet ja unter Autofahrern, die sich ständig vom Verkehr ablenken lassen. Wenn stattdessen alle Lenker konzentriert ihre Mails beantworten, wird es bestimmt keine Unfälle mehr geben. Fazit: Voice-Reply wird Hunderte Menschenleben retten.

Okay

Wie viele »Okay« pro Stunde verträgt die Gesellschaft? »Okay« begnügt sich nämlich längst nicht mehr damit, das bekannteste Wort der Welt zu sein. Zusätzlich ist es seit fünfzig Jahren in Mode. Innerhalb seiner Langzeitpopularität erlebt es abwechselnd Kult- und Boom-Phasen. Und innerhalb so eines Booms bricht es im deutschsprachigen Raum gerade in alle Bedeutungsrichtungen aus.

Es gibt praktisch keine Bemerkungen mehr, die nicht mit »Okay« erwidert werden können (außer jene, die wirklich absolut nicht okay sind). Dabei sollte »Okay« eigentlich nur »in Ordnung« heißen, »einverstanden« ersetzen und »gut so« vertreten.

»Okay« ist aber mittlerweile auch zum Ersatz für folgende Botschaften gereift: Ich habe dir zugehört. Ich tue so, als hätte ich dir zugehört. Ich habe zu Kenntnis genommen, dass du eine Sprechpause eingelegt hast. Ich habe in solchen Fällen früher immer »mhm« gemurmelt, nun erkläre ich mich unter Protest bereit, die Lippen zu öffnen. Ich bin mit dem Gesagten einverstanden oder nicht einverstanden, will mich aber (noch) nicht festlegen. Ich verstehe dich trotz schlechten Empfangs. Ich habe dazu nichts zu sagen. Reg dich nicht so auf!

Malversation

Malversation. – Ein prächtiges Wort, nicht wahr? Aber, Frechheit, es findet sich überall, nur nicht im Lexikon. Auf Anfrage von Lehrer Wolfgang K. rechtfertigt sich aus Leipzig die Duden-Redaktion: Die Malversation (Veruntreuung, ungetreue Verwaltung eines Amts, der Unterschleif) sei, wie viele französische Entlehnungen, im 20. Jahrhundert in Vergessenheit geraten. Die Zahl der Belege sei nicht so häufig, dass das Wort unbedingt Aufnahme in einem allgemeinen Fremdwörterbuch finden müsste. »Darüber hinaus ist festzustellen, dass die Belege überwiegend aus dem österreichischen Sprachraum stammen, wodurch für uns auch erklärlich wird, weshalb der Begriff dort als ›durchaus gängig‹ bezeichnet wird.«

Ja, wir gebrauchen sie oft, die Malversation. Sie ist der Missstand im Trüben, der Skandal ohne Beweis, die ewig dunkle Machenschaft. Sie beschreibt die Korruption, die man besser erahnt, als sie zu kennen. Sie verrät die unregelmäßige Gebarung, ohne sie jemals beim Namen zu nennen.

Fazit: Die Malversation ist urtypisch österreichisch. Ohne sie würde sich der Nationalrat wegen chronischer Beißhemmung auflösen. Ohne sie gäbe es gar keine Innenpolitik.

Chaiselongue

Tex Rubinowitz hat unlängst zugegeben, dass er das Wort »Zürich« witzig, ja sogar »wahnsinnig komisch« findet. Damit hat uns der Zeichner die Latte, ein Wort komisch zu finden, weder tief noch hoch gelegt, er hat sie heruntergenommen. Dank »Zürich« darf jetzt jeder Mensch jedes Wort komisch finden.

Ich mache hier offiziell den Anfang. Wahnsinnig komisch finde ich, und zwar schon seit vielen Jahren und stetig steigend: »Chaiselongue«. Leider wird das Wort insgesamt zu selten verwendet, weil kaum noch wer eine Chaiselongue besitzt, und tut er es, so spricht er nicht darüber, und spricht er darüber, so weicht er auf Couch, Sofa oder Fauteuil aus.

»Chaiselongue« kann ein Österreicher auf gut zwei Dutzend Arten falsch aussprechen, und immer klingt es wahnsinnig komisch. Die besten gedehnten Versionen lauten: Schaaislongwä, Schaislausch und Scheeislaasch. Gut kommt auch das eher finnische Haiselongue oder die oberkärntnerische Tcheeslanntsch'n. Ihre Urkraft erfährt die Sitzgelegenheit freilich erst im Wienerischen. Auf die Frage, was er heute noch vorhabe, soll Fußballlegende Franz Hasil einst geantwortet haben: »I hau mi auf mei Jazzlllodge und schlof a Randl.«

Die letzte Idee

Liebe Leserinnen und Leser, dieser Text entstand vor fünf Jahren. Ob Sie ihn mögen oder nicht: Für mich zählt er zu den wichtigsten, die ich je verfasst habe. Er hat mir viele traumatische Stunden erspart.

Kolumnisten haben den Ruf, die freiesten Journalisten zu sein, sie können ja schreiben, worüber sie wollen (sofern es der Chef des Hauses erlaubt). Als Kolumnist selbst fühlt man sich leider gar nicht so frei. Denn man kann immer nur schreiben, was einem einfällt. Hin und wieder hat man als Kolumnist eine gute Idee, manchmal sogar eine neue, meistens aber eine naheliegende, eine von der Tagesaktualität vorgeschriebene, eine vom Leserpublikum zugeflüsterte, eine der Befindlichkeit abgetrotzte, eine dem Alltag entliehene. Unter all den Ideen, auf die man kommen könnte, darf man nur eine einzige niemals haben: keine. Und ausgerechnet diese fällt einem andauernd ein. Je länger man Kolumnist ist, desto kürzer werden die Intervalle, in denen einen die Leute zu Recht fragen: »Was machst du, wenn dir einmal wirklich nichts einfällt?« – Ich hieß mich glücklich, stets eine Antwort darauf zu besitzen. Hier ist sie. Jetzt habe ich sie verbraucht.

Inhalt

Die bessere Hälfte	5
Mahlzeit	6
Grüß Gott	7
WC-Surrealismus	8
Mouskouri-Therapie	9
Österreich zuerst!	10
Einseitiges Kennen	11
Es ist, wie es ist (I)	11
Es ist, wie es ist (II)	13
Grantprofis	14
Gackerlsackerl	15
Was ist Montenegro?	16
Wo ist die Donau?	17
Die ersten Worte	18
Lukas und der Polizist	19
Jahr der Jägerinnen	20
Der Boudi	21
Abenteuer Café	22
Beim alten Friseur	23
Männerhort	24
Mama, jetzt nicht!	25
Herzvolle Linien	26
Geknickte Billets	27
Weihnachtsaufschub	28
Westenstation	29
Üble Erfinder (I)	30

Üble Erfinder (II)	3q
Roquefort auf Reise	3w
Bettelkatalog	33
Versprungene Zeit	34
Tequila ohne (sich)	35
Familiensauna (I)	36
Familiensauna (II)	37
Metallgesichter	38
Moretti tat es	39
Es werde Nebellicht	40
Sperr' ma zua!	41
Unendlicher Splitt	42
Gipfel des Staubes	43
Gehsteuer	44
Handyrasselsteuer	45
Feriale Energie	46
Valerie ist keine Biene	47
Kundenkartenterror	48
Wilde Erdbeeren	49
Wärme macht Babys	50
Ehegeheimnisse	51
Ente lebt	52
Gott wird Vater	53
Fix portioniert	54
Zurücktrinken	55
Wie viele Wachteleier	56
Was Wissen schafft (I)	57
Was wissen schafft (II)	58
Was Wissen schafft (III)	59
Essen beim Zahnarzt	60
Zu viel und mehr	61

Stromfresser	62
Frauengerecht	63
Sein und Zeit	64
Das heimische »Wä«	65
26 Fragen zur Wurst	67
Zauberscheine	69
Rettet die Serviette	70
Der Zuhörtest	71
Liebestötend	72
Handgesalzen	73
Ein feiner Polizist	74
Der Hasendieb (I)	75
Der Hasendieb (II)	76
Pferd in der U-Bahn	77
März, nicht Mai	78
Gastgartenvorsaison	79
Weinfloskel	80
Weltverdauung	81
Busenwunder	82
Sich-tum Austria (I)	83
Sich-tum Austria (II)	84
Glücksmeldestelle	85
Mütter	86
Die Speichelsaga	87
Haben und Sein	88
Göns und gengans	89
Gurkenweisheit	90
Lauter Wahnsinnige	91
Charme und Rauch	92
Beauskunftung	93
Besäufniskultur	94

Sport und Sabber	95
Pause vom Denken	96
Der Slang stirbt aus	97
Glanz der Finanz	98
Monopoly	99
Spaßessen	100
Knackwurst-Carpaccio	101
Tirol für Hartnäckige	102
Papst Gastein	103
Tee in der Wüste	104
Fußtritt in Apulien	105
Der Däumling	106
Davids letztes Eis	107
Indes und Chaos	108
Wien am Schmäh	109
Sexual Wellbeing	110
Sonja macht Schluss	111
Die Ei-Probe	112
Die Darabos-Brille	113
Untiefes Österreich	114
Angedacht	115
Irgendwo	116
Frau am Steuer	117
Coole Sonnenbrille	118
Kaputte neue Jeans	119
Die Post-Therapie	120
Kein Telefontausch	121
Sich festzuhalten	122
Wie Geräte sprechen	123
Hundeprotest	124
Gelsenrohbericht	125

Gepäck auf Reisen	126
Urlaub vom Anreiz	127
Hitze, was nun?	128
Besuch im Röster	129
Durst im Wandel	130
Saft zum Minuspreis	131
»Die heutige Jugend«	132
Schulheldenepos	133
1968	134
Komagetränkt	135
Ans Abgeben denken	136
Frage der Pein	137
Dialog für vier	138
Mediale Federn	140
Vogel-Protestlied	141
Was Neuwahlen sollen	142
SPÖ liest Musil	143
Putins Beschützer	144
Post traumatisch	145
Fußball ist Handarbeit	146
Ball laufen lassen	147
Die Wahl im Dorf	148
Ministerielle Kloteske	149
Überwachte Kamera	150
Speed	151
Politik und zurück	152
Wirtschaft ohne uns	153
Glück als Schulfach	154
Hundertmal gesagt	155
Meinung ausgeforscht	156
Schläfertypen	157

Unkäufliches Haus	158
Zitrone im Ohr	159
Handypenetranz	160
Lenken und mailen	161
Okay	162
Malversation	163
Chaiselongue	164
Die letzte Idee	165

Daniel Glattauer

Daniel Glattauer wurde 1960 in Wien geboren und ist seit 1985 als Journalist und Autor tätig. Bekannt wurde Glattauer vor allem durch seine Kolumnen, die im so genannten »Einserkastl« auf dem Titelblatt des Standard erscheinen und auch in Auszügen in seinen Büchern »Die Ameisenzählung«, »Die Vögel brüllen« und »Mama, jetzt nicht!« zusammengefasst sind. Seine beiden Romane »Der Weihnachtshund« und »Darum« wurden mit großem Erfolg verfilmt. Der Durchbruch zum Bestsellerautor gelang ihm mit dem Roman »Gut gegen Nordwind«, der für den Deutschen Buchpreis nominiert, in zahlreiche Sprachen übersetzt und auch als Hörspiel, Theaterstück und Hörbuch adaptiert wurde.
Mehr zum Autor und seinen Büchern unter www.daniel-glattauer.com.

<u>Mehr von Daniel Glattauer:</u>

Gut gegen Nordwind. Roman
Alle sieben Wellen. Roman
Darum. Roman
Der Weihnachtshund. Roman
Die Ameisenzählung. Kommentare zum Alltag
Die Vögel brüllen. Kommentare zum Alltag
Theo. Antworten aus dem Kinderzimmer

> »Dieses Buch schlägt einen bis zur letzten Zeile in Bann.«
>
> Björn Hayer, Süddeutsche Zeitung

Im Supermarkt lernt Judith, Mitte dreißig und Single, Hannes kennen. Wie zufällig taucht er von da an immer wieder in Judiths Nähe auf. Hannes, Architekt, ledig und in den besten Jahren, ist der Traum aller Schwiegermütter. Auch Judiths Freunde sind restlos begeistert. Anfangs genießt Judith die Liebe, die Hannes ihr entgegenbringt. Doch schon bald fühlt sie sich durch seine intensive Zuwendung erdrückt und eingesperrt. All ihre Versuche, ihn aus ihrem Leben zu verbannen, scheitern – er verfolgt sie sogar bis in ihre Träume …

208 Seiten. Gebunden
www.deuticke.at

„**Daniel Glattauer** hat ein **großes Talent,** seine *Leser* immer wieder zu **überraschen.**"

Brigitte

Bestsellerautor *Daniel Glattauer* im Goldmann Verlag:

Gut gegen Nordwind
Roman
978-3-442-46586-6

Alle sieben Wellen
Roman
978-3-442-47244-4

Darum
Roman
978-3-442-46761-7

Der Weihnachtshund
Roman
978-3-442-46762-4

Die Ameisenzählung
Kommentare zum Alltag
978-3-442-46760-0

Die Vögel brüllen
Kommentare zum Alltag
978-3-442-47243-7

Theo
Antworten aus dem Kinderzimmer
978-3-442-15696-2

www.goldmann-verlag.de
www.facebook.com/goldmannverlag